光文社文庫

文庫書下ろし

出張料理人ぶたぶた

矢崎存美《ありみ》

JN031816

光　文　社

この作品は光文社文庫のために書下ろされました。

目次

なんでもない日の食卓

ある日の午後、まったりと家で過ごしていた大原里穂《おおはらりほ》の元へ、友人の榎芹香《えのきせりか》から突然電話がかかってきた。

「お願いがあるの。今日の夜、うちに来てくれない？」

芹香の声は弱々しかった。

「どうしたの？」

「今朝、急用があって従兄《いとこ》の家に行ったんだけど……」

「うん」

「お昼、奥さんが、白菜《はくさい》の重《かさ》ね蒸《む》し鍋《なべ》してくれたのね」

「うん。おいしいよね。豚肉《ぶたにく》のやつでしょ？」

里穂も好きだ。よく作る。

「そう、豚肉と白菜の重ね蒸しね。確かにおいしかったの。ちょっとお酒が強いかなあ、とは思ったんだけど」

里穂は首を傾《かし》げる。

「それで？　何があったの？」

「あたし、お酒に弱いじゃない？」

「うん」

ちょっとの量でも顔が赤くなり、気分が悪くなる、と聞いたことがある。

「その白菜の重ね蒸し、お酒が飛んでなかったの。食べたら酔《よ》っぱらっちゃったんだよ」

「えーっ？」

「いや、酔っぱらったんじゃないの。酔うことができないの、あたし」

「そうなの？」

弱い、ということは知っていたが、それが芹香にとってどういうことなのか、考えたことがなかった。ちなみに里穂は「ザル」とよく言われる。

「でも、料理に使っただけなんだから、そんなに多かったわけじゃないでしょ？」

「まあ、飲める人にとってはね……。奥さんがけっこうたっぷり使う人で、白菜や肉の量も多くて、とにかくアルコールが飛びにくい状態になっちゃったみたいなんだよ……。

で、帰り道から具合が悪くなって、家にはなんとかたどりついたけど、そのあと吐《は》いたりお腹壊《なかこわ》したり……」

「えっ、大丈夫？」

吐くなんて……そんなことになったら、とにかく体力を奪《うば》われてしまう。

「いろいろ出したら少し気分はよくなったよ。最近とみにお酒に弱くなったからさー。あたしにとってアルコールは本格的に毒《どく》になっちゃったみたいだよ……」

芹香は笑っていたが、声に力はない。

「で、今夜予定があって……里穂に代《か》わってもらえないかなって思って電話したの。今夜、一人だって言ってなかったっけ？」

「……うん」

と返事をしたはいいけれど……実は里穂は、今日を楽しみにしていた。今夜、確かに里穂は一人で留守番《るすばん》だ。夫と兄と子供たちは四人で、一泊二日のキャンプに行っている。義姉《ぎし》と二人で密《ひそ》かに「楽しみだね～」と言い合っていた日だった。

「あたしはお酒飲みながら、本やマンガ読みまくるよ～。夕飯《ゆうはん》はピザとっちゃう」

義姉の弾《はず》んだ声が甦《よみがえ》る。里穂も、おいしいお惣菜《そうざい》やデザートを仕入《しい》れて、それらを楽しみながら映画を見ようと思っていた。何を見るかリストも作っていた。明日の朝、寝坊《ねぼう》するために、家事《かじ》も前倒しですませて、そろそろ買い物へ行こうと思っていたところだ。

どうしよう、これ以上聞く？　でも、具合の悪い芹香を放っておくのも心配だ。若い頃はよく二日酔いになり、それがきつくて今はほどほどの酒にしているから、一応そういう時の体調の悪さはわかっているつもりなのだが。

しかし、自分の都合《つごう》を優先できることなんて、最近なかった。今夜は貴重《きちょう》な機会なのだ。多分芹香はわかってくれる。だが、そういう友だちだからこそ断《ことわ》るのに忍《しの》びない……。

「……あ、ごめん。やっぱりいいや」

芹香が言う。里穂の微妙《びみょう》な間《ま》を察《さっ》したのだろう。勘《かん》のいい人なのだ。

「ごめんね、里穂にも予定があるもんね……。よく考えないで電話しちゃったよ。やっぱりいいから――」

「でも」

里穂は口をはさむ。芹香は決して考えなしな人ではないのだ。彼女がこんな電話をしてくるということは、よほど具合が悪くて頭が回らないか、その予定が特別なのか。声だけ聞いていると、確かにいつもより元気はないが、聞いていて不安になるような声ではない。

「その予定は特別なものなの？」

「うん、すごく特別なんだ」

その答えに躊躇《ちゅうちょ》はなかった。

「どんなふうに特別なの？」

「うーん……」

芹香はしばらく考えているようだった。

「なんだろう……リセットできるっていうのかな」

「リセット？」

「いや……ちょっと違うかもしれない。けど、なんか……それまでのことが浄化《じょうか》されるというか……そっちの方がちょっと近いかな」

聞いてますますわからなくなった。だが「そこまで特別なのか」とも思った。そして、それの代わりを務《つと》めるのも怖《こわ》くなった。

「どんな予定なの？」

「大したことはしないよ。出張料理人《しゅっちょうりょうりにん》を頼《たの》んでるの」

「え？」

まさか恋人《こいびと》？　とか考えていたのだが、出張料理人？　家に来て、料理を作ってくれる人のこと？

「それは、料理が特別ってこと？　フランス料理とか？」

ああ、フレンチなんていつ以来食べてないだろう。

「ううん、いつもあたしのリクエストに応《こた》えてもらってるだけだよ」

「今日は何リクエストしたの？」

「前に作ってもらった豚の生姜《しょうが》焼《や》きとけんちん汁《じる》。デザートにチョコレートチーズケーキ」

「……普通」

思わず言ってしまった。しかも、前に作ってもらったって？

「前にも頼んだの？」

「そうだよ。二、三ヶ月に一度くらい頼んでるかな」

出張料理人を頼むくらいだから、家でちょっと豪華《ごうか》な料理を食べるのかと思った……。

「あっ、もしこれ以外のものが食べたかったら、食材買ってきていいよ。あたしあとで出すから」

里穂の気持ちを察《さっ》したのか、芹香があわてたように言う。

「あ、でもいいの。いいからね。ごめん――」

「待って待って！」

切りそうなのを察して、里穂はあわてて止める。ちょっと興味が出てきた。自分の好きなものを他人に作ってもらうのっていいな。そりゃ外食でだって食べたいものは食べられるけれど、家庭で食べたいものをその場で言って作ってもらうのとは、やっぱり違うものなのだ。

とはいえ何が食べたいとか、そういうのは実は今ないのだが。これから買おうと思っていたお惣菜も、店頭で見ておいしそうなものにしようと思っていたし。

なんとなくおしゃれなサラダを作ってもらって食べたいな、という気分ではある。すごく漠然《ばくぜん》としているが。

「行くよ、芹香のうち」

「うん。なんかもったいないし」

言ってみて、本当にそうだな、と実感する。一番もったいないのは食材だ。そりゃあとで使うこともできるだろうが、料理人としては、その日その調理に合わせてチョイスしたはずのものなのだ。

「えーっ、里穂ありがとう！」

当日だから、キャンセルしたらいくらか払《はら》わないといけないんだろうし。それで何も食べられないって、芹香は踏《ふ》んだり蹴《け》ったりだ。でも里穂が代理《だいり》になれば、あとで彼女が食べられるように少し残しておくこともできるだろう。

「芹香のうちに行けばいいのね？　何時くらい？」

「五時に約束してるの。そこから料理してもらって、七時くらいに食べるって感じかな」

「わかった。何か持ってくものある？」

「何もいらないよ。あ、さっき言ったけど、何か食べたいものがあったら食材持ってきて。うちの冷蔵庫にあるものもなんでも使っていいけど」

「ええーっ、ほんと⁉」

「サラダの材料とかある？」

「ミニトマトくらいしかない――」

「わかった。一応スーパー寄って、気になったものがあったら買ってく。それのお金はいいよ」

「えー、あたしが出すよ！」

「いいのいいの」

「よくないよー！」

なんて会話を続けていると、なんかあたしたち、年取ったなー、なんて思う。高校の頃からの友だちだから、もう二十年以上のつきあいか。その頃、そんなやりとりしてるおばちゃんたちを不思議に思ってたなー。

とりあえずどうするかは保留《ほりゅう》にして、電話を切る。

支度《したく》はどうしよう。近所に行くことを想定した格好《かっこう》しかしていない。まあ、いいか。料理人がどんな人か訊《き》くの忘れたが、女一人暮らしの家に入れるんだから、きっと女性だ。近所の人に会っても見苦しくない程度には身支度しているから、このままでいいや。

里穂は自転車に乗って、スーパーへ向かった。芹香の家は電車で二駅ほど離れているが、このまま自転車で行ってしまおう。

スーパーで目についたものを仕入れて、芹香の家に着いたのは、午後四時半ちょっと前だった。

「いらっしゃい。どうもありがとうねー」

芹香が背中を丸めて出てくる。

「もう吐き気はないの？」

「うん、最初だけだった。あとは下《くだ》るばかりでね……」

目の下に隈《くま》ができている。気の毒に。

「でももう、だいたい治《おさ》まったみたい。気持ち悪いのはなくなったし、頭ももう痛くない」

お酒飲めない人って、超高速《ちょうこうそく》で二日酔いになるみたいなものなのだ。身体《からだ》がお酒を毒素《どくそ》とみなしてしまうから、それが体外に出れば割《わり》とすぐに復活はする。

ただ胃腸《いちょう》に負担《ふたん》がかかっているから、すぐに元通りの食事に戻すとぶり返してしまう。

「おかゆとスポーツドリンク、一応買ってきたよ。食べる？」

レトルトのおかゆだけど。

「ありがとう。ちょうどスポドリ切れたところだからうれしい。とりあえずそれだけ……あったためて飲もうかな」

「お湯で薄《うす》めるといいよ。台所貸《か》して」

上がらせてもらって、台所でお湯を沸《わ》かし、ダイニングテーブルでちんまりと待つ芹香にスポーツドリンクのお湯割りを出す。

「相変わらずきれいにしてるねー」

おしゃれで渋《しぶ》い色合いのインテリアがすてきな部屋だ。

「人が来るから掃除《そうじ》しただけだよ」

スポーツドリンクを飲み干《ほ》して、芹香はため息をつく。

「じゃあ、ごめん、ちょっと寝るね。テレビつけたりしても大丈夫だから、気にしないでなんでも使って」

「うん」

「料理人の人、ちょっと変わってるけど、いい人だから。よろしくね」

具合が悪いのに、なんだか無理して笑っているみたい。大丈夫かな。

「わかった。お大事に」

約束の時間まであと三十分くらい。何してればいいの？　テレビは別に見たくないし……。持ってきた本とか読もうかな。いや、そんなに時間もないし——と迷いながら、冷蔵庫に買ってきたものをしまう。あれ、なんでこんな背の高いベンチがキッチンに置いてあるの？　邪魔《じゃま》じゃないのかな、これから料理してもらうのに。まあ、あとでどかしてもいいか。

スマホを見ているうちに、あっさり約束の時間になってしまう。

ほぼ五時ぴったりに、玄関《げんかん》のチャイムが鳴る。

「はい？」

インターホンからすごくか細《ぼそ》く、

「こんにちは。出張料理人の山崎《やまざき》です」

という声がかろうじて聞こえた。

「はい、今開けます」

里穂が玄関を開けると、そこには誰もいなかった。

「え？」

離れたところにいるんだろうか。それで声が小さかったのかな……。

「すみません、下です」

「え？」

反射的に下を見ると、大きな発泡《はっぽう》スチロールの箱の隣《となり》にぶたのぬいぐるみが立っていた。

「榎さんからご連絡いただいてます。代理の大原さんですよね？」

里穂は声が出なかった。ぬいぐるみはバレーボールくらいの大きさで、くすんだ桜《さくら》色《いろ》をしている。突き出た鼻に、大きな耳の右側はそっくり返っている。黒ビーズの点目《てんめ》が里穂を見上げていた。「大原さん」とちゃんとあたしの名前も言った！

「失礼しますね」

ぬいぐるみが箱を持ち上げた。どうやってるのかわからないけど、持ち上げたのだ。

しかも重そうに。……いや、重いだろうけど。箱、ぬいぐるみの何倍《なんばい》あるんだ？

さらに、それを持ったまま、玄関に入ってきた。里穂はあわてて脇《わき》によける。廊下に箱を置き、ウエットティッシュみたいなもので足を拭《ふ》く。拭くんだ！

「あ、アルコールで拭いてますからね」

いや、それをあたしに言われても、なのだが……。ここは芹香の家だし。

足を拭いてから、また箱を持ってずんずん奥へ進む。勝手知ったる、という態度に、里穂は玄関ドアを閉めて、あわててあとを追う。しっぽ！　しっぽが丸まってる！　と思ってよく見たら、くるっと縛《しば》られていた。ものすごくぬいぐるみっぽい……。

ぬいぐるみは台所の床《ゆか》に箱を置いてから、

「あらためまして、出張料理人の山崎ぶたぶたです。よろしくお願いいたします」

と里穂を見上げて、名刺《めいし》を差し出した。いや、名刺じゃないのかな。濃《こ》いピンク色のひづめみたいな手（前足？）の上に、白い四角い紙がちょこんと載《の》っている。これをあたしに取れということ？

震《ふる》える手で受け取ると、そこにはいかにもぬいぐるみらしい「山崎ぶたぶた」という名が印刷《いんさつ》されていた。しかし、名刺自体は実用一辺倒《じつよういっぺんとう》という感じの堅苦《かたくる》しいフォントが使われ、本人（人じゃないけど）の雰囲気《ふんいき》にそぐわない。もっとかわいいフォントにしてほしい、と頭のすみっこで思う。

その時、はっと思い当たった。さっき芹香は無理して笑っているのかと思っていたが——もしかして笑いをこらえていたのかもしれない。昔からちょっとしたいたずらをする奴《やつ》なのだ。すぐにだまされてしまうあたしもあたしなのだが——あいつ～！　それに、一瞬怒《おこ》ったものの、何に対しての怒《いか》りなのか、里穂にはよくわからない。それに、どういうトリックでこのようにぬいぐるみを動かしているのか、まったく見当《けんとう》がつかない。確かによくいたずらをする人ではあるが、こんなに大がかりなことは初めてだし、今まで一番大きいサプライズをされたのは誕生日だが、あとから考えれば他愛《たわい》ないものだった。なんでもない日にここまでの情熱を傾《かたむ》ける理由は何？

「今日のメニューですが、榎さんがリクエストされたものと同じでよろしいですか？　それとも、他のものにしますか？　榎さんからは冷蔵庫の中のものは自由に使ってかまわないと言われていますが」

そう言われてはじめて気づく。声が……おじさんなのだ。目を閉じて聞くと、人のよさそうなごく普通のおじさんがしゃべっているとしか思えない。この声を選んだのは誰？　名刺のフォントといい、もっと外見に似合うかわいいものにしようとか思わなかったの？　サプライズにしても、こんなのツッコミどころがありすぎる……。

すると突然、ぬいぐるみの点目の上に困ったようなシワが寄った。

「あ、もしかして、榎さんからお聞きになっていませんか？」

いや、聞いてはいたけど、全部じゃなかった。

「あの……出張料理人の方が来るというのは聞いてます。メニューも……でもそれ以外は……」

と正直に答える。なんだかすごく恐縮《きょうしゅく》しているような声だったから。ぬいぐるみに対してどう話していいのかわからないっていうか、よく知らない相手に話す時は敬語が無難《ぶなん》だ。

「驚《おどろ》かせてしまって、すみません。でも、料理はちゃんとできますので、ご安心ください」

何その自信は。そっちの方に里穂はびっくりしてしまった。つまり、本当に芹香はこのぬいぐるみの料理をいつも食べてるってこと？

「ちょ、ちょっと待って……」

不安になったので、里穂は芹香が寝ている部屋へ行く。彼女が購入したこの小綺麗《こぎれい》なマンションには、広めのＬＤＫと寝室、納戸《なんど》として使っている小さめな部屋がある。寝室のドアを控《ひか》えめにノックしたが——返事はない。

やはり……疲《つか》れて眠ってしまっているのだろう。無理やり起こすのは忍びない。電話とかメッセージもな……具合が悪いんだから。

　とにかく、一人でぬいぐるみに対峙《たいじ》しないといけないらしい。芹香にとってはいたずらにすぎないのかもしれないが、里穂はどうすればいいのかわからず、この上なく混乱している。

　でも、一応芹香の代わりを引き受けてしまったわけだから、その役目はちゃんと果たさなければ。彼女には昔から世話になりっぱなしで、ほとんどお返しもしていないのだ。

　もしかして居間に戻ればさっきのぬいぐるみが人間に変わっているかも、と里穂は思う。最近疲れていたからな。変な白昼夢《はくちゅうむ》を見ることだってあるかもしれない。

　と考えながら居間に戻ったら、さっきのぬいぐるみが箱を開けて何やらごそごそしている。

　夢じゃなかった。しかも箱の中には野菜や肉などがふんだんに入っている。料理する気まんまんではないか。

「メニューは豚の生姜焼きとけんちん汁、デザートにチョコレートチーズケーキということになっていますが、他に何かリクエストありますか？」

　クラッとした。やはり帰ってもらうべきか。

いやいや、まずは呼んだ芹香に問いただしてからにすべきだろう。訊きたいことは一つ、「頼んだ料理人は本当にぬいぐるみなの？」ということだけなのだが……。

どうしよう、やっぱり起こそうかしら、と思ってスマホを見ると、いつの間にかメッセージが来ていた。

『ごめーん、料理人のぶたぶたさんってぬいぐるみなの☆』

なんだこの☆……。

『見る前に言っても信じてもらえないと思って』
『でもお料理はとてもおいしいから、安心して』
『おしゃべりも楽しいよ。私のこと話題にしていいからね！　ぶたぶたさんにもそう言っておいたから』
『じゃあ寝ます』

「ごめんねえ〜」というあまり反省してなさげなスタンプがくっついていた。

そりゃ確かに見る前に言われても信じなかったはずですけど！

言いようのない憤《いきどお》りを覚《おぼ》えたが、一応病人なのだった……。

「あ、えーと、はい、メニューはそれで……」

怒りというか戸惑《とまど》いにざわつく心をこのぬいぐるみにぶつけたら、それは単なる八《や》つ当《あ》たりなので、ぐっと我慢《がまん》する。

「アレルギーや苦手な食材はありますか？」

「いえ、特にありません」

普通に会話してるの不思議……。

「冷蔵庫を拝見《はいけん》します」

そう言われて、里穂は冷蔵庫を開ける。ぬいぐるみはカウンター前に置いてある高いスツールに乗る。そして、箱から出したタッパーを入れてから、素早く中に目を通し（と言っても点目だけど）冷蔵庫を閉めた。そして、野菜室、冷凍庫も見る。

「大原さん持ち込みの食材はありますか？」

「あ、えーと、野菜を少し……」

おしゃれなサラダ、という漠然《ばくぜん》としたコンセプトのもと、適当な生野菜を買ってきていた。おしゃれ要素はベビーリーフくらいだろうか。けど、芹香が頼んだメニューは和風というか、モロにおうちごはん系だ。並べてしっくり来るのか……。

「ごはんはタイマーかけてありますね」

夕食予定時間の午後七時に炊《た》けるよう、ちゃんと炊飯器《すいはんき》がセットしてある。

「リクエストありましたら、どうぞ。冷凍庫にパンもありましたし。『こんな感じのものが食べたい』というのでも」

「何食べたい？」と訊かれて食べたいものを答えるなんて、何年していないだろう。実家を出てから？　え、二十年以上？

それを訊かれるって、けっこう幸せなことなんだな。

小さい頃、母に、

「何食べたい？」

と訊かれて、

「玉子焼《たまごや》き！」

そう何度となく答えたことを思い出した。母の甘じょっぱい玉子焼きが好きだったのだ。父が甘い玉子焼きが嫌《きら》いだったので、めったに食卓へは上がらなかったが、父のいない日に焼いてもらったなあ。たまに自分でも焼くけれど、なんか違うと思うのは、作ってもらったものじゃないから、なのかもしれない。

「あの……甘い玉子焼きが食べたいんですけど」

玉子もふんだんにあったはず――と考えたはいいが、なんで出張料理人に玉子焼きなどをリクエストするのだ、と冷静《れいせい》な自分がツッコミを入れる。プロなんだから、テレビで見たすごくおいしそうなものとか、おしゃれなものを作ってもらえばいいのに！

でもなあ……ぬいぐるみなんだもの――玉子焼きくらいならできるのかな？　焼いているのを想像すると、なんだかかわいい。

「甘い玉子焼きですか？　だし巻きで？」

「いえ……」

普段の母の玉子焼きはだし巻きだった。ふんわりとして黄色くて、だしがじゅわっとして、これもおいしかった。だが、里穂が好きだったのは茶色くて味が濃い――玉子焼きというより、そぼろみたいだった。ひき肉で作ったそぼろ煮を玉子で作ったような……。それをごはんに載せて、いや、ぐちゃぐちゃに混ぜて食べるのが好きだったのだ。

思い出して恥ずかしくなってきた。それにこれは、玉子焼きじゃなくて玉子ふりかけではないか。

「いえ、やっぱりいいです……」

当初の予定どおりにしよう。

「すてきなサラダを食べたいんですけど」

「わかりました。予定どおりのメニューにサラダ追加ですね」

生姜焼きとけんちん汁ね。ところで、けんちん汁ってどんなんだっけ？　豚汁《とんじる》の肉入ってないやつ？

……入れられないよね、ぶたのぬいぐるみだもん。

ところが、ぬいぐるみは箱をゴソゴソして、豚肉を取り出す。豚肉！　そうだった、生姜焼きは豚肉……！　なんというか、これは共食《ともぐ》いになるの？

里穂の混乱をよそに、ぬいぐるみはさっき邪魔だと思ったベンチに乗り、肉を作業台へ置く。

「あ、いつも榎さんとはおしゃべりしながら作るんですけど、お仕事なりご用事があるのなら、ご用意してからお呼びしますが、いかがいたしましょう？」

いかがいたしましょうと言われても……でも、ぬいぐるみだとツバとか飛ばなそうで、おしゃべりしながらの料理も安心な感じ。けど、何話せばいいの？

「芹香とは何を話してるんですか？」

おしゃれな対面キッチンなので、里穂は向かい側に座る。

「お互いの仕事のこととかですかね」

ぼかした感じで答えられたが、お客さんとの話の内容はおいそれと明かさない方がいい。たとえお客さんに許可をもらったとしても。

「ストレス解消のために、うちをご利用されているそうです」

ぬいぐるみのひづめのような手によって豚肉の入ったトレイのラップがはがされていた。さらにそのひづめにビニール袋みたいなものをつけ、肉に何やら塗《ぬ》り始める。

「何塗ってるんですか？」

おそるおそる訊く。なんかこう、得体《えたい》のしれないものを塗っているようにも見える。この世のものではないものとかを。

「あ、蜂蜜《はちみつ》です。お肉が柔《やわ》らかくなるので。甘みを足《た》さなくてもいいし」

がっくりするほど現実的なものだった。

「……そんなことしたことない……」

「つけダレに入れるやり方もありますけど、うちのレシピではタレにつけないで、豚肉を焼いてから入れるんです。そのかわり、ゆるめの蜂蜜で肉を柔らかくして——」

ぬいぐるみは蜂蜜を塗り終えた豚肉を冷蔵庫にしまう。

手袋（？）を新しいのに替《か》え、野菜を切り始めた。速い。ザクザクリズミカルで、めっちゃ速いんですけど……！

「大原さんのお宅ではけんちん汁はお作りになりますか？」

手元を見ているのかどうかよくわからない点目をまな板《いた》から離さないまま、ぬいぐるみが言う。その異様《いよう》な光景からも目を離せない。

「け、けんちん汁はあまり作らないですね——」

そのかわり、豚汁なら——という言葉は飲み込む。

「そうですよね、豚汁の方が一般的な感じですものね」

先に言われた。

「けんちん汁ってどういうものなんですか？」

作った記憶《きおく》もなじみもないので、つい質問してしまった。

「お寺で作られていた精進《しょうじん》料理が元になっているという説があるみたいですが、よくわかっていないみたいですね。でも一般的には、野菜のみの具《ぐ》のしょうゆ仕立《じた》てのすまし汁という認識《にんしき》なので、精進料理っぽくはあります」

ほおほお、そうなんだ。

「地域によっては豚汁も『けんちん汁』っていうところがあるみたいです」

なるほど——ってぬいぐるみから料理の豆知識《まめちしき》をもらって喜んでる場合じゃないよ！

「野菜たっぷりのお汁であれば、だいたいけんちん汁でいいんじゃないですかね」

最後は雑《ざつ》に〆《しめ》た。

ぬいぐるみは、鍋に油を引き、切った野菜を入れて炒《いた》め始める。あー、いい匂《にお》い。子供の頃、居間のこたつで宿題しているとこんなふうにいい匂いがしてきて、しばらく手が止まったものだ。なつかしい……。

それはいいのだけれど——やっているのはごく普通のことなのだが、問題はぬいぐるみがよくそんなことできるな、ということで……。だいたいガスの火で炒めるということ自体が怖い。だって燃えそうだし。火事になったらどうしよう、と思ってしまう。しかし、ＩＨコンロだったらいいのか、というと、そういう問題でもなく——「炒める」

という行為がつまりは、

「すごい……」

とつい口に出して言ってしまった。

「ありがとうございます」

ぬいぐるみは手も止めずにそう言った。点目の表情は読めない。その声の冷静さは言われ慣《な》れている雰囲気《ふんいき》を醸《かも》し出す。何者なの、このぬいぐるみ。

「榎さんの体調はいかがですか？ 聞いてらっしゃいます？」

「あ、大丈夫みたいですよ。飲めないお酒を飲んでしまったような感じで、少し休めばよくなるって言ってました」

「お酒を無理に飲んだんですか？」

ぬいぐるみはとてもびっくりしたような顔をした。すごく表情がわかった。点目が心持ち大きくなったような。しかし、その間も料理の手は止まらない。

「いえ、事故みたいなものです」

里穂は芹香から聞いた経緯《けいい》を説明する。これくらい、いいだろう。

「あー、それはしょうがないですねえ。お酒の弱い人はどうしても……。大原さんはお酒は？」

「あたしは好きです。実は持ってきたんですけど」

冷蔵庫に白ワインが入ってる。自分で飲む用の小さい瓶《びん》のだけど。

「じゃあ、お食事の時に出しましょう」

ぬいぐるみは鍋に出汁《だし》を入れ、弱火にかけた。コトコトと野菜を煮《に》始める。

あれ？　夕食のメニューはこのけんちん汁と生姜焼きとサラダだったはず。あとは汁の味つけをするとか肉を焼くとか、それくらいではないか。時間がものすごく余《あま》っている。どういうこと？

すると、ぬいぐるみはピーラーでにんじんを細く剝《む》き始めた。けんちん汁にはさっき入れたはずだけど？

「いつも常備菜《じょうびさい》も一緒に作っておくんですよ」

と言われて、なんだか——すごく、目が覚《さ》めた気分になった。常備菜——作りおきのおかずって、うちはあまり作らない。なぜなら時間がないし、作るとしても大量に作っておかないと保《も》たない。育ち盛《ざか》りの子供の食べる量が多いからだ。

でも常備菜があれば、一品作るのを減らせる。外で働いてるからめったにないけど、自分一人のお昼ももう少し充実《じゅうじつ》しそう。いつもふりかけとか残り物ばかりで。

「一人暮らしだと、けっこう保ちますよね」

「榎さんもそうおっしゃってました。遅く帰ってきても、『何食べようかな』って考えるだけで元気が出るって」

ああ、そうか。「人に作ってもらったもの」があるのっていいよね。

常備菜作りを外注《がいちゅう》っていいかも。やっておくと絶対に便利ってわかってるけどできない人ってきっと多い。休みの日にまとめて、と思っていても、やっぱり休みたいって気持ちが勝ってしまうではないか。スーパーの惣菜でもいいんだけど、なんか違う。割《わり》高《だか》になっちゃうし。

ぬいぐるみはピーラーで剥いたにんじんをレンジに入れ、ごま油やしょうゆなどでタレを作る。

「それはなんですか？」

「にんじんのナムルです」

「無《む》限《げん》ピーマンの時のタレみたいですね」

「そうですね、だいたい同じです」

「どれくらい保ちますか？」

「四〜五日ってとこですかね。あんまり保たないですけど、おいしくてすぐ食べちゃうんですよね」

その時、レンジがピーピー言い、ぬいぐるみは耐熱《たいねつ》ボウルを素手《すで》で出す。あ、鍋つかみいらずなのね。便利。

にんじんにタレをかけて、手早く混ぜる。簡単だ。簡単ってわかってるんだけどねえ。

そのあとも冷蔵庫からいろいろ出して――というより在庫《ざいこ》整理みたいな感じで、有りものをどんどん常備菜にしていく。ベンチとスツールを巧《たく》みに使い、台所内を自由自在《じゆうじざい》に動き回る。

あっという間にタッパーが並んだ。

「それは粗熱《あらねつ》取れたら冷蔵庫に入れた方がいいんですよね」

「冷凍庫に入れるものもありますから、付箋《ふせん》貼っておきます」

そう言って色違いの付箋を貼り付ける。

そのあとからようやくサラダを作り始めたが、まだ全然時間に余裕があった。常備菜を作る際にサラダの野菜もすべて切って、下ごしらえもしていた。あまりの手際《てぎわ》のよさに、「さすが出張料理人」と思うが、ぬいぐるみなんだよね……。里穂はまだ信じられなかった。

冷蔵庫から肉を出しながら、

「代理ということで、さぞかし驚かれたでしょう」

とぬいぐるみは言う。

「はあ、驚きました」

素直に白状する。これで驚かない人の方がおかしいと思う。

「榎さんとは学生時代のお友だちとお聞きしましたが」

「そうです。高校の時に出席番号で席が近かったから」

榎に大原だから。とても単純な出会い方だけど。

「その頃のことを思い出すと、今こんなふうになってるなんてなんだか信じられないですよ」

芹香とは生き方も趣味《しゅみ》も違う。エネルギーあふれる芹香は多趣味で、交友関係が広く、積極的に外へ出る。里穂は人見知りで多人数と会うと疲れてしまう。家でゲームしたり読書する方がよほど楽だ。仕事もやりがいより人間関係が穏《おだ》やかな職場を選んだ。芹香は、高校時代から目指していた職種《しょくしゅ》にしっかりついている。しかも優秀だ。だいぶ違う二人だけど、どうしてつきあいが長続きしてるんだろう？　それに、彼女には他にもたくさん友だちがいるのに、どうして今日、里穂に連絡してきたんだろうか。

　里穂にとって、芹香はちょっと謎《なぞ》な人だった。どうして自分みたいな地味《じみ》な人とつきあってるんだろうって。

「近くに住んでるお友だちがいるっていいですよね」

「高校の時はそんなに近所じゃなかったですよ。違う路線《ろせん》使ってましたし。でも、いつの間にか近所に住んでたんですよね」

　別に示し合わせたわけでもなく、引っ越しの時期が被《かぶ》ったのだ。三年前、そろそろ家を買おうというタイミングで決めたあと、住所を知らせたら偶然近くでとてもびっくりした。自転車でちょうどいい距離、歩いても行ける、という絶妙な近さだった。

「近いからって、そうしょっちゅう会うわけじゃないですけど」

「そんなものですよね」

　ん？　ぬいぐるみなのにわかってるのかな？

　ぬいぐるみはけんちん汁をかき混ぜ、塩としょうゆだけのシンプルな味つけをすると、小皿につゆを取り、突き出た鼻の下に小皿を押しつけ、グッと顔を上に向ける。これはもしかして味見!?　味見なの!?　なんだかすごくシュールな光景なんですけど。

「おつゆはできたので、これから生姜焼きを——」

その時、寝室のドアがガチャリと開いた。

寝ぼけたような声が聞こえる。

「あー……いい匂い……」

「芹香？　大丈夫なの？」

もこもこでヨレヨレのパジャマを着た芹香が出てきた。

「ちょっと寝て目が覚めたら、お腹がすっきりしてた……」

そう言って、里穂の隣にだらしなく座る。キャリアウーマンとしていつもシャキッとしている姿とのギャップは相当なものだ。

「お腹すいた……」

「寝てた方がいいんじゃないですか？」

ぬいぐるみが言う。

「いい匂いが気になって眠れない……」

その気持ちはわかる。これから生姜焼きを作るから、そうなったらなおさらだ。

「じゃあ、スープでも食べますか」

「わーい」

少しだけ力ないけれど、うれしそうな声を芹香は出す。

「でも、今日はそれだけにしておく方がいいですよ」

「わかりました～」

病人用のスープを作っている気配はなかったけれど。

「では、これから肉を焼きます。その前にタレを――」

ぬいぐるみは調味料《ちょうみりょう》を合わせ始めた。あれ？　生姜は？　普通すりおろし生姜を入れるものじゃない？　他にもなんだか足りない気が……。

「ふふふ、『生姜入れないの？』って思ってるでしょ？」

「う、うん」

芹香が突然言う。

だって、入れる気配ない。

「これからなんだよ」

「榎さん、そんなにすごいことしませんよ」

そう言いながらぬいぐるみは、ついに生姜を手に取る。でもすりおろさず、薄切りにし始めた。

「え、すりおろさないんですね？」

「そうなのよ」

ドヤ顔で言ったのは芹香である。

「そうなんです。生姜をすりおろしてタレに入れたりする場合は、ひとかけくらいで充分なんですが、この生姜焼きは生姜自体も具材にしてしまおうということで。だから、玉ねぎは入れません」

そうだった。なんか足りないなって思ったのは、玉ねぎか。

生姜を切り終えると、今度は三つ葉《みつば》をざく切りしている。

「これをできあがりにさっと混ぜます」

ぬいぐるみはフライパンで油を熱し、薄切りの生姜を入れて少しののち、豚肉を入れた。うわー、肉と生姜のいい香り！　隣で芹香もうっとりした顔になっている。

豚肉を香《こう》ばしく焼き上げ、タレを回し入れて手早くからめたあと、三つ葉をどさっと入れる。まさにどっさり。それを軽く炒めるというか、混ぜ合わせる。おお、フライパン振ってるよ！　すごい！

「三つ葉もいい香りだねえ……。食べられないけど」

と芹香が悲しそうな顔をする。

「はい、できあがりました」

ぬいぐるみは皿に生姜焼きを盛りつけた。緑《みどり》の三つ葉と黄色い生姜の彩《いろど》りもいい。そうか、生姜も野菜として食べてしまおう、という料理なのだな。

「これ、前に作ってもらってとてもおいしかったから、また食べたいと思ってリクエストしたんだー。すごくおいしいから、里穂にも食べてもらいたくて」

ぬいぐるみは、けんちん汁を小鍋に少し移し、バーミックスでぐわーっとかき混ぜていた。あ、なるほど。スープってそういうことか。

「けんちん汁、今日は野菜を小さく角切《かくぎ》りにしておきましたから、明日食べる時にまたバーミックス使ってもいいですし、つぶしながらよく嚙《か》んで食べてください」

スープというより離乳食《りにゅうしょく》みたいだが、胃腸が悪い時はそれが正解だ。

そのあと、食卓を整える。二人分のランチョンマットを敷《し》き、里穂の席に生姜焼きを置く。

「サラダが洋風なので、けんちん汁はスープ皿に盛りました」

角切りの具材と透き通ったすまし汁がまるでコンソメスープのよう。そして、さっき作っていた常備菜も、前菜風《ぜんさいふう》に盛りつけてある。

「わーん、いいなあ」

芹香が本当に残念そうに言う。

「ごめん……」

なんだか謝《あやま》りたくなる。

「ごはんは普通のお茶碗《ちゃわん》で。お皿もいいんですけど、ちょっと冷《さ》めやすいですよね」

小ぶりだがぶ厚い茶碗に上品にごはんが盛られている。

「さあ、どうぞお座りください。ワインお注《つ》ぎしますか？」

とぬいぐるみが冷蔵庫を開ける。

「あっ、ワイン持ってきたの？　ちょっと待って」

芹香がキッチンの戸棚からワイングラスを出してくれた。

「もらったんだけどさー、使ってたらあっという間に一つ割っちゃってしまいこんでた」

華奢《きゃしゃ》なワイングラスは、里穂も怖い。でも、

「お酒飲めないのに？」

「ちょっといいぶどうジュース飲んでた」

ぬいぐるみが白ワインを注いでくれた。よく冷えておいしそう。彼とボトルがほぼ同じ大きさだが、もう何を持っても驚かない。

「榎さんには白湯《さゆ》で」

「あー、寂《さび》しいけどしょうがない……コーヒー飲みたいな」

湯のみにお湯を注いで、芹香の席に置く。

「明日には油っこくない消化のよいものならよく嚙んで食べれば大丈夫だと思います。不安ならおかゆとかにして。カフェインの入ってるものは胃腸を刺激しますから、本調子になるまで避《さ》けた方がいいですよ」

「わかりました……」

芹香が殊勝《しゅしょう》にうなずく。

「じゃあ、どうぞ召《め》し上がってください」

「いただきます」

二人で声を合わせる。なんだか高校時代のお弁当の時間みたい。ふふっと笑うと芹香も同じこと考えていたのか、吹き出す。

「冷めちゃうから、早く食べて」

「ありがとう」

まずはやっぱり、生姜焼きだ。生姜と三つ葉と肉をつまんで、口に入れる。ふんわりと三つ葉が香《かお》ってから、がっつり生姜の味と香りが広がる。そして、

「ほんと、お肉柔らかいですね」

どう硬《かた》くせず焼くか、というのが豚肉は難しい。でもこれは蜂蜜を塗っておいただけだ。甘みもちょうどいいし、くどくない。いいこと教えてもらった。

三つ葉と生姜は合うのだろうか、と思ったが両方ザクザクと噛みごたえがあって、なおかつ香りがさわやか。こんな生姜焼きは初めてだ。三つ葉って香りが強いし、少量を薬味《やくみ》にしか使わないけど、これならたくさん食べられる。しかもこんなにごはんが進むとは。

「おいしいです！」

「ありがとうございます」

ぬいぐるみはうれしそうな表情になった。

けんちん汁をスープ皿で飲むなんて初めてだ。透明《とうめい》なスープと角切りの野菜で、和風のおつゆとは思えない。飲んだら頭がバグりそう。

スプーンですくって口に運ぶと、一瞬コンソメと誤解《ごかい》しそうになったが、やはりおしょうゆの味が来る。大根《だいこん》やにんじんは柔らかく煮込まれ、ごぼうやしいたけは食感を楽しめる。里芋《さといも》はレンジでチンして最後に加えていたから、煮崩《にくず》れていない。一皿でいろいろな食感が味わえるスープだ。

サラダにはたくさん野菜が使われている。それだけでも贅沢《ぜいたく》だが、切り方なのか下ごしらえの仕方なのか盛りつけなのか、とにかくどれもおしゃれでおいしい。いつもと同じレタスやきゅうりやトマトなのに、どうしてこんなに違うのかな。ハーブの香りがするドレッシングがおいしいのはもちろんなのだが。しかも、ワインにもとっても合う。

でも、それがプロってことだもの——。

と考えてハッとする。今までぬいぐるみだと思ってたけど、この人、ほんとにプロなんだ。

「ほんと、どれもおいしいです。ありがとうございます」

なんて名乗ってたっけ。そう、山崎ぶたぶただ。名前を呼ぶのにまだ躊躇してしまいそうだが、ぬいぐるみって思うのはやめよう。

芹香はけんちん汁のスープをすすって、うれしそうな顔をしている。

「お腹は平気?」

「うん、とりあえずびっくりはしてなさそう。あー、ぶたぶたさん、おいしいわー。すきっ腹《ぱら》に染《し》みるわー」

「ありがとうございます」

テーブルの脇でぶたぶたは、ペコリと二つ折りになる。小さいのがさらに小さくなる。

「芹香はどうやって山崎さんと知り合ったの?」

お、「山崎さん」なら普通に言える。

「知り合ったってほどのことじゃないの。ぶたぶたさんとこのサイトを見て、申し込んだだけで」

ぬいぐるみと「サイト」という言葉のそぐわなさに驚きながら、

「どうして頼んだの? 人を呼ぶ用でもあったの?」

「うーん……なんだろう。引っ越したばかりの時で、すごく疲れていたから、誰かが作ったおいしいものが食べたかったんだよね」

　ポツリと芹香は言った。

　自分と同じことを考えてるな、と思った瞬間、里穂は思い出した。芹香は高校時代から事情があって、一人で暮らしていたのだ。両親が中学の頃に離婚《りこん》し、どちらが彼女を引き取るか揉《も》めたあげく、結局親戚《しんせき》の後見《こうけん》で一人暮らしをすることになったらしい。だから、高校時代からお弁当は自分で作っていた。よくおかずを交換《こうかん》したものだ。

　大学を卒業して一人暮らしをするまで母にごはんを作ってもらっていた里穂ですら、人に作ってもらうことはうれしいと思うのだから、高校生の頃から一人でごはんを作っていた芹香はもっとそう思うだろう。

「で、ネットで調べて、評判がよかったぶたぶたさんのところに申し込んでみたの」

「偶然《ぐうぜん》？」

「そう、偶然」

　ぶたぶたは、せっせと後片づけをしていた。と言っても作りながら片づけていたから、洗い物はそんなに多くない。ついでにコンロの掃除までしている？　え、見間違い？

「びっくりしたでしょ？」

思わず小声でたずねる。

「うん。びっくりしないわけないよね」

芹香も小声で答えた。

「でも、初めて来てもらって、夕飯作ってもらった時、すごく楽しかったんだー」

彼女の声はとても穏やかだった。

「びっくりしっぱなしだったけど、ごはんもおいしかったし、食べながらいろいろ話して——ずっと笑ってた」

「何食べたの？」

「その時はね、イタリアンを作ってもらったんだよ」

「えっ、そういうのも作れるの⁉」

「ぶたぶたさんはなんでも作れるの。すごくおいしかったよ。前菜と、パスタと魚料理作ってもらったかな。もちろん、デザートも」

「すごーい」

「フレンチとか、会席《かいせき》料理みたいなのも作れるんだって」

「おうちでそういうものが食べられるんだ」

「そうだよ。だから出張料理人なんだよ」

そうか……。そういう人ってホームパーティとか、誕生日とか、そういう特別な日に呼ぶものだと思っていた。なんでもない日でも呼んでいいんだ！

「常備菜を作ってもらうだけでもいいの？」

「もちろん。お掃除でもいいんだって」

「えっ、どうして？」

「だってぶたぶたさんはハウスキーパーさんだもん。お料理だけじゃないんだよ。ベビーシッターもできるんだよ」

だからキッチンの掃除してたのか！　何それ、スーパーぬいぐるみじゃん！　ぬいぐるみだけあって、子守《こもり》も上手そう。

なんだか頼みたくなってきた。

「高校の時に知りたかったよー……」

芹香が遠い目をして言う。

「掃除苦手だったからなー。けどお金なかったから無理か」

「でも芹香、料理は上手だったよね」

「まあね。中学の頃から作ってたから。けど、あたしの料理は全体的に茶色くて、それがいやだったなあ」

思い出した！　最初の頃、芹香はお弁当をふたで隠《かく》して食べていたのだ。

「あたしのお弁当もたいがい茶色かったけど」

それは母の料理がというより、里穂の好みだった。煮物とか大好き、おしょうゆ味大好きな子供で、今もそうだ。この生姜焼きみたいなおかずをいつも入れてもらっていた。

「けど、里穂のお弁当もおいしかったよ」

「お母さんが作ってたからね」

「里穂の茶色に勇気づけられたよ」

里穂の茶色ってなんだよ——と思ったが、おかずを交換するようになって、芹香は普通にふたをはずしてお弁当を食べるようになった気がする。

「あの玉子焼きが好きだった。茶色いやつ」

「憶《おぼ》えてるの？」

「憶えてるよー。自分で作ってもなかなかあの味にならないんだ」

さっきぶたぶたに言ったけど、取り消したやつ。

「あたしもだよ」

「上手《うま》い人に作ってもらえば、味を再現できるのかな……」

やっぱり作ってもらおうか。食べたくなってきた。ごはんをおかわりしたい気分でもある。「ぶたぶたさんはなんでも作れるの」ってさっき言ってたじゃないか。勇気を出して頼んでみようか？

「ぶたぶたさん」

里穂が決断する前に、芹香が声をかける。ぶたぶたは、冷蔵庫からチョコレートチーズケーキを出そうとしていた。そろそろ食事も終わりと彼は認識したのだろうか。

「あの、玉子焼きを焼いてもらってもいいかな？」

「玉子焼き？　あ、さっきの？」

「さっき？」

「ちょっと言ったんだ、お母さんの玉子焼きのこと」

「そうなんだ。じゃあ話早いね」

二人で玉子焼きの味を説明する。甘じょっぱくて、茶色いそぼろみたいな玉子焼き。

「けっこうシンプルなものみたいですけど、なかなか味が再現できないってことは、うーん」

　ぶたぶたは玉子を二つボウルに割り、しょうゆと砂糖をドバドバ入れ始めた。手元にあった瓶《びん》入りの塩？　までパッパッと振る。

「えっ、そんなに入れるんですか⁉」

「一応食べられると思います」

　だ、大丈夫なのかな……。

　熱したフライパンにほぼおしょうゆ色の玉子を入れ、菜箸《さいばし》でかき混ぜる。すぐに香《こう》ばしいいい香りがしてきた。あ、なんだかなつかしい。強めの火であっという間にできあがる。

「これでいいかわからないんですけど」

　と出てきたのは、見た目はそっくりの茶色い玉子焼き——というか炒《い》り玉子だった。おかわりのごはんも添《そ》えてある。

　炊きたてのごはんにポロポロの玉子を載せて口に入れる。芹香も一口だけ味見。

「えっ」

　二人で同時に驚きの声を上げる。

「だいぶ似てるんじゃない？」

「うん、そっくり」

今までなかなか同じ味にならなかったのに。ああー、ごはんが進むー。玉子焼きというより、このほぼ佃煮《つくだに》みたいな塩気《しおけ》が！　甘みが！

「なんで再現できたんですか？」

ごはんを頬張《ほおば》りながら、里穂はたずねる。

「いや、お弁当のごはんに載ってたっていうのを聞いて、玉子焼きというよりそぼろみたいだし、そういうのって味が濃そうだな、と思いまして、思いっきりしょうゆと砂糖を使ってみました。その方が色はすごいですけど、香ばしくはなりますし。焦《こ》げる寸前《すんぜん》くらいまで炒ってみましたけど」

「よく似てます！」

自分でもかなりしょうゆや砂糖を入れたけど、全然足りてなかった。だって――母の料理は茶色いけど、基本薄味なのだ。それに慣れているし、自分も料理を作る時はあまり濃い味にしない。自分なりの濃い味と記憶の中の濃い味はかけ離れていたんだな。

「隠し味でもあるのかと思ったんですけど」

「あ、味《あじ》の素《もと》は入れましたよ」

「味の素！」

里穂は思わず叫ぶ。あの瓶は味の素か！

「待って、うちには味の素ないですけど」

芹香が言う。

「持ってきてますからね。使う使わないは別にして」

そうなんだ……。プロは使わないのかと思ったら……。

「うちの母は、味の素のことなんて言わなかったですけど」

「お忘れだったんじゃないですかね？」

そういえば実家に帰った時「作ってよ」と言ったら、「血圧《けつあつ》が高いから」って作ってくれなかった。それは単なる言い訳かと思ったが、本気で塩気が心配で言っていたのかもしれない。自分にも、娘にも。もう何年も作っていなかったから、忘れてしまったのかもしれないなあ。

「今度実家帰った時に訊きます」

なつかしい玉子焼きも生姜焼きとともに食べ終えてしまった。あー、これは確かに毎日食べられない。明日から塩気を控えよう。ごはんもいっぱい食べてしまったから、少し運動しないとダメかなあ。

片づけの終わったぶたぶたが、話しかけてきた。

「大原さん、食後のお茶は何になさいますか？　コーヒー、紅茶、デカフェのコーヒーとルイボスティーもあります」

「じゃあ、紅茶をお願いします」

「ホットですか、アイスですか？」

「ホットでお願いします」

ぶたぶたはうなずくと、ティーポットを用意し始めた。

「ま、うちのお茶なんだけどね」

芹香が言う。

「あ、ごめん。いただきます」

「でも、ぶたぶたさんがいれるとなんだかおいしいんだよねえ。同じものなのに」

ほんとだ、ごく普通のティーバッグではないか。うちにもあるやつ。そんなに味が違うの？

ぶたぶたがお茶を用意しているのを見て、芹香が思い出したように言う。

「ぶたぶたさんがいろいろ動いているのを見るだけでも癒《い》やされるんだよね」

それにはとても納得《なっとく》する。面白《おもしろ》いし、つい笑ってしまう。

「二、三ヶ月に一度くらい来てもらって、夕飯と常備菜を作ってもらって、最初は見ているだけでよかったんだけど――だんだんいろんな愚痴を言えるようになって」

「愚痴……あんまり言わないのに、芹香」

「それはね、里穂にだって同じくらいあるだろうけど、里穂も言わないでしょ」

それを聞いて、ちょっと考え込んでしまう。里穂自身、「言ってもしょうがない」と考えてしまう傾向《けいこう》がある。確かに言えば少しは楽になる。しかしそれは単なるモヤモヤ程度だ。言わなくても自然に忘れたりもする。だが、本当の悩みは言ったからってそう簡単には消えない。

「里穂もガス抜きできないタイプなのかな、と思ってね」

そうだった。芹香も同じようなタイプだった。共通点が少ないと思っていたけれど。

「ぶたぶたさんには、なぜか言えるんだよね」

芹香が自分に悩みを打ち明けてくれないことを悲しいとは感じなかった。打ち明けられるものなら打ち明ける。でも多分、それをやるとあとでかえって落ち込む。里穂と同じなら、きっとそうだ。それは、本人なりに友だちのことを思いやってのことなのだ。少なくとも里穂はそう。

「里穂もぶたぶたさんになら、言えるかもよ。だって、そういうところ似てるから。あと食の好み」

二つしか似ているところがないのかもしれないけど、この二つってとても大切なことだ。

「だから、里穂と一緒にごはん食べるのは楽しいよ」

「最近ごはん一緒に食べてなかったね」

お互《たが》いに忙しくて。

「そうだね。だから今日誘《さそ》ったのかもしれない。いつかぶたぶたさんを紹介したいと思ってたけど……なんとなく、自分だけの秘密《ひみつ》にしときたいって気持ちもあった」

そういう気持ちもわかる。悩みをつい溜《た》め込んでしまうのも、似たようなものなのだ。秘密というほどではないけれど、自分の気持ちをあまり人に言わなくてもけっこう平気というか——どうもうまく表現できないのだけれど、静かに自分の気持ちを噛み締《し》めてからでないと、外に出せないのだ。

「ぶたぶたさん……うちも頼んでみようかな」

「じゃあ、帰りに名刺もらいなよ」

「もうもらったよ」

ぬいぐるみにしては厳《いか》つい名刺を。

「さすが商売上手」

商才《しょうさい》あるぬいぐるみ、ぶたぶたが紅茶を運んできた。

「どうぞ。今デザートのチョコレートチーズケーキを持ってきますね」

小ぶりでかわいいホールケーキをキッチンで切り出し、それも運んできた。濃厚《のうこう》なチョコレートにチーズの酸味《さんみ》が効《き》いている。見た目よりもさっぱりしたケーキだった。

「おいしいです。手作りですか？」

そうたずねると、あっさり、

「そうです」

と答えられた。すごい。やっぱりスーパーぬいぐるみだな！

「紅茶もおいしいです」

うちのと同じなのに、どうしてこんなに味が違うの？

「コツがあるんですよ」

ティーバッグのおいしいいれ方も教わってしまった。プロは違うなあ。

「それでは、ありがとうございました」

ぶたぶたは、来た時と同様、発泡スチロールの箱を抱えて、玄関で頭を下げた。

「こちらこそごちそうさまでした。おいしかったです。玉子焼き、ありがとうございました」

里穂は言う。

「ぶたぶたさん、ありがとう。またよろしくお願いします」

芹香の言葉にぶたぶたはうなずき、

「榎さんもお大事になさってください」

と言った。

「今度連絡しますね」

「はい、お待ちしています、大原さん。おやすみなさい」

「おやすみなさい」

身体を二つ折りにしてお辞儀《じぎ》をすると、ぶたぶたは帰っていった。ドアからエレベーターに乗るまで芹香と見送る。迷惑《めいわく》かしら、と思ったが、なんだか気になるのだ。ちゃんと帰れるのかなって。

「里穂もどうもありがとう」

ドアを閉めたあと、芹香が言う。

「こちらこそありがとう」

最初はちょっと躊躇したけれど、来てよかった、と里穂は思っていた。おいしい料理も食べられたし、ぶたぶたに出会えた。今度は芹香とごはんを食べたい。二人でぶたぶたに作ってもらうとか。いや、それは芹香が愚痴を言う機会がなくなるからダメかな。里穂の場合、自分だけってシチュエーションはなかなか無理かもしれないが、いつか実現できるかもしれない。今日みたいに。

その日を楽しみにするってだけでも、なんだかいいな。

「それじゃあ、お大事に」

「うん、また連絡するね」

里穂は芹香の家をあとにした。

自転車に乗ろうとしたけど、ほろ酔いでいい気分なので、引いていくことにした。まだ午後九時ちょっと過ぎだし、夜はまだまだこれからだ。

映画、何見ようかな。ワインは飲んでしまったけど、チーズケーキの半分もらったし。あの玉子焼きって、お酒のあてにしてもいいかな。甘すぎるかな～。味の素って家にあったかな～。

あっ、お金！　すっかり忘れてた。帰ったら、芹香にメッセージしなきゃ。ごはんの写真も撮《と》るの忘れた！　ぶたぶたの写真も忘れた！　今度撮らせてもらおう。写真ＮＧじゃなきゃいいんだけど――。

そんなことをウキウキと考えながら、里穂はのんびりと夜の住宅街を歩き続けた。

妖《よう》精《せい》さん

今日も疲れ切って、松岡夏音《まつおかなつね》はマンションにたどりついた。

誰もいないから、誰も出迎えてくれない。わかっていることだけれど、涙がにじむ。もう何もしたくない。このままベッドに直行《ちょっこう》したい。

そう思っても、そういうわけにもいかない。夏音はそのまま風呂場へ行き、がんばってシャワーを浴《あ》びた。

これで寝られる。歯も磨《みが》きたいが、今日一日職場ではほとんど何も食べていない。シャワーを浴びながらしつこくうがいをしたので、起きてからでいい。というか、もう限界だった。

出かけた時と寸分違《たが》わぬ乱れたベッドに潜《もぐ》り込み、夏音は目を閉じた。けれど、神経《しんけい》が高ぶってなかなか眠れない。最近、こんな夜ばかりだ。考え事をしないようにと努《つと》めても、次々と余計《よけい》なことが浮かぶ。楽しいこと……楽しいことを考えよう。

子供たちの笑顔を思い浮かべると少し気分が落ち着いた。しかし、長持ちはしない。

会いたい気持ちが湧《わ》き上がるからだ。

そういえば、さっきスマホを見たら、変なメールが入っていた。隣県に住む母からだった。

『一人で大変だろうから、ハウスキーパーさんを頼んであげたよ』

何言ってるの？　こんな時期に。

『明日、休みなんでしょう？　その人に甘えて、ゆっくり身体を休めなさい。安心して寝てればいいから』

何を言っているのかわからない。疲れて頭が回らないというのもあるが、そんな人に来られても困る。第一、来ても起きられる自信がない。

今夏音に必要なのは、寝ている間に何もかもやってくれる妖精みたいなものだ。靴屋《くつや》の小人《こびと》みたいなの。来てほしいな、妖精さん。このぐちゃぐちゃな家の中を片づけてほしい。ごはん作ってほしい。ほったらかしにしていることをみんなどうにかしてほしい。

でも、そんな非現実的なことはありえない。夏音は今一人だし、全部一人でやらなくちゃならない。

それが現実なのだ。

夏音は目を覚《さ》ました。

一応眠れたようだ。しかしぼんやりしたまま、動けない。疲れは全然取れていない……。

今日は休み、と思っても気持ちは晴れない。明日は八時に出勤《しゅっきん》と思うだけでどんよりしてしまう。

何か食べなくては。このままでは身体が保たない。でも、全然お腹がすいていない。食欲なんていつ感じたのが最後だろうか……。

その時、何か匂いを感じた。何これ。香ばしい……コーヒー？　パンが焼ける匂い？

……きっとどこかの窓が開きっぱなしになっていて、お隣の朝食の匂いでも入ってきてるんだろうな、と思って、夏音はため息をついた。でも、おかげで踏ん切りがつく。何か食べて、少しは部屋の掃除をして、買い物にも行かなければ。二度寝をしたい気分ではあるが、やることはたくさんあるのだ。今夜、早く寝られればいいんだけど……。

思い切って起き上がる。これで相当の気力を使ってしまった。とにかく次は何か食べる。それを目標にしなくては——と考えながら、居間へ行くと、あれ、なんだか明るい……。カーテンは閉めっぱなしにしておいた気がするのだが、誰が開けたの……。

「あ、おはようございます」

突然声がした。しかも男の声。

夏音の身体がピキッと緊張した。

えっえっ、ヤバくない!?　部屋のカーテンは開いていて、聞いたことのない中年男の声がして、部屋にはコーヒーの香りが充満《じゅうまん》していて、テーブルには目玉焼きが載った皿が――。

あれ？

夏音はどこから声がしたのかと、キョロキョロした。

「松岡夏音さんですね？」

後ろから声がした。「うおわっ！」と変な悲鳴をあげて振り向くと、そこには小さなぶたのぬいぐるみが立っていた。立っている!?

バレーボールくらいの大きさの桜色のぬいぐるみだった。黒ビーズの点目に、突き出た鼻。大きな耳の右側はそっくり返り、手足の先には濃いピンク色の布が張られている。

こんなぬいぐるみ、うちにあったかな……。真っ先に思ったのはそんなことだった。

ぶたのぬいぐるみも以前あったはずだが、こんな形のではなかった。だいたい、今はもうないし、もちろん立ったりなんかしなかった――と考えていたら、ぬいぐるみの鼻がもくもくっと動いて、

「わたくし、山崎ぶたぶたと申します。ハウスキーパーです。松岡龍平《りゅうへい》さんから頼まれました」

と、しゃべりだした。

ああ、なるほど……。これは夢だ。すごく明瞭《めいりょう》だけど、夢に違いない。昨日、母からのメールを見たせいで見ている夢。だって、現実だったらハウスキーパーは母の名前を言うはず。それに、家へ勝手に入ることだって無理じゃないか。

これはきっと、寝る前に「妖精さんに来てほしい」と自分が願ったから叶《かな》った夢なのだ。だって！　どう見ても妖精じゃないか！　ぬいぐるみの姿が正しいかどうかはわからないけど！　ていうか、妖精は誰も見たことがないので、誰も正しいと言えないのではっ!?　ティンカーベルみたいな容姿《ようし》ばかりではないはず。大きさは……このくらいなら許《ゆる》せるかも。

声がおっさんなのはどうなの、と思うが、それもティンカーベルが刷《す》り込まれている

からだろう。だいたい妖精に性別自体あるのかな……。

まあ、夢だから深く考えてもしょうがないよね。この状況、楽しそうだ。一番楽しいのは、ごはんが勝手にできているところ！　これ、あたしが食べていいのかな？

「どうぞ、お座りください。それとも、洗顔など先になさいますか？」

いや、お腹が急にすいた気がするので、もう食べたい。

「先にいただきます。ありがとう」

妖精さんをぞんざいに扱《あつか》ってはならない。ような気がする。聞きかじりな知識だ。いくら見た目ひ弱《よわ》でも、怒らせると怖い存在なのだ。どこかで読んだ。マンガだったかな？

「できたてですので、お気をつけてお召し上がりください」

現実のハウスキーパーは、こっちの起きる時間を見計《みはか》らってこんな熱々に料理を仕上げるなんてことできるはずない。したがってこれはやっぱり夢だ。

ダイニングテーブルについて、皿を見下ろす。ベーコンエッグだ！　しかもカリカリベーコンがたっぷり！　目玉焼きは両面焼きの半熟《はんじゆく》！　黒胡椒《くろこしよう》が多めにかかってる！

生野菜のサラダも添えてある。レタス、キャベツとにんじんの千切《せんぎ》り、大根も入ってる？　あと細切りのきゅうりとミニトマト、一口大のブロッコリー。フレンチドレッシングは、多分冷蔵庫に入ってるやつだけど、大好きなものだ。

なんていうことのないひと皿だけど、全部夏音の好みどおりで、すごくおいしそう！　心が弾《はず》むのを感じる。夢の中だからだ。夢って、気持ちが現実よりも増幅《ぞうふく》されるよね。食事はどうなんだろう。夢の中でものを食べたことってない。いつも食べる寸前《すんぜん》に起きてしまうから。

テーブルの向かい側にひょこっと妖精さんが顔を出す。差し出されたかごには、薄く切られて色よく焼かれたパンが。

「パンはバターでいいですか？　それともジャム？」

「塗ってくれるんですか!?」

またもや悲鳴のような声が出る。しかし今度は歓喜《かんき》のものだ。パンに何か塗ってもらえるだけでこんなに喜ぶなんて、今のあたしは容易《たやす》い女だわ。

「もちろんです」

「ありがとうございます。じゃあ、一枚はバターで、もう一枚はジャムで」

妖精さんは、布の張られたひづめのような手（？）で器用にバターナイフをつかみ、カリカリのパンにバターを塗った。冷蔵庫から出したてで全然溶けないとかそういうことはなく、なめらかにきれいに塗れる。手早くバタートーストを仕上げ、スプーンでジャムも塗る。こぼれそうなくらいたっぷりの赤いジャムがうれしい。

「どうぞ。足りなければ、ご自分で」

皿に出されたバターとジャムが添えられる。

「ありがとうございます」

バタートーストを一口かじる。外はカリカリ、中はふわっとしていた。何これ、うちにはバルミューダとかのいいトースターはないはずなんだけど。

いやいや、これはきっと、料理上手な妖精さんのおかげであろう。

「コーヒーもどうぞ」

マグカップに注がれたコーヒーの脇には、おかわりのポットも置かれる。至れり尽くせりではないか。飲んでみると、とてもおいしい。職場でもゆっくり飲んでるヒマなんかないから、ああ、染《し》みるなあ〜。コーヒーをいれるのも上手なのか、妖精さんは。

パンとコーヒーを味わったあと、目玉焼きに取り掛かる。お、置いてあるのは箸《はし》。やっぱりこの方が食べやすいよね。妙《みょう》にリアルだわ。

玉子の黄身《きみ》の部分に箸を入れると、ちょうどいい半熟さだとわかる。なんて理想的。自分で朝食に作る場合、いつも慌《あわ》ただしいので、こんな絶妙な黄身のものはなかなか焼くことができないのだ。

その時ハッとする。自分の目玉焼きの食べ方ってちょっと行儀《ぎょうぎ》悪いかな、と思って、外ではやらない。家でも、家族以外の人がいるとやらないのだが、妖精さん……この人（人じゃないけど）は……気にしなくてもいいのかな。

妖精さんはもう台所に戻って何かしている。洗い物かな？　妖精だから、一緒にごはん食べるとかないよね。きっと人間が食べるものは口に合わないんだわ。

夢なんだし。遠慮《えんりょ》する必要なんかないよね。

夏音は、箸で白身を一口大に切り、少しあふれ出した黄身につけて食べた。黄身と白身は一緒に食べたい派なのだ。

ベーコンは、焼いたあとにちゃんと油を取ってあるらしく、カリカリとした軽い食感が楽しすぎる。肉のうまみと塩気と香りが、玉子、そしてパンととても合う。サラダは冷たく、フレンチドレッシングの酸味《さんみ》に口の中がさっぱりする。

もうほんとに、ごく普通の朝食なのに、どうしてこんなにおいしいの、と夏音は感動していた。ジャムもうちの冷蔵庫に入っているいちごジャム（しかも若干《じゃっかん》古い）のはずなのに、高級感すらあるような気がしてくる。

玉子の黄身と残ったベーコンをパンに載せて一気に口に入れる。あーあ、食べ終わってしまった。パンなんか薄いので三枚も。

「フルーツヨーグルトどうぞ」

間髪《かんはつ》を容《い》れず、デザートが置かれる。目ざとい。こっちの食事のペースを完全に見抜かれている。

ヨーグルトにはいちごやブルーベリー、キウイなんかが入っていた。冷たくて甘酸っぱくておいしい。

あー、こんなちゃんとした朝食を食べたのはいつ以来だろう。だいたい座って食べられることが珍《めずら》しい。ごはんの支度をしながら合間に立って食べて、家族が食べ終わったら洗い物をして、急いで仕事に出かける。

でも、そんな毎日がなつかしいと思ってしまった。今は食べたり食べなかったり。一秒でも睡眠《すいみん》を優先してしまうところもあるから……。

ヨーグルトを食べ終わり、二杯目のコーヒーも飲んで、やっとひと息つけた気がした。

お腹がふくれて、さっき起きたばかりなのにもう眠い。この理不尽《りふじん》さ、さすが夢だな。夢の中で寝ると、おそらく夢が覚めるんだろうな。それはちょっと惜《お》しい気がした。まあ、寝なくても覚めるんだろうけど。

「わたし、これから買い物に行ってきますね」

ぬいぐるみが、タオルで手を拭きながら台所から出てくる。

「えっ」

「もう十時ですから」

近所のスーパーが開く時間ではあるが。

「何か買ってきてほしいものがありますか？」

「えっ、えーと……」

そんなにはない。だってあんまり家に帰れないから。

それでも台所のホワイトボードに書きっぱなしだったリストを指し示す。仕事帰りに寄りたくてももう閉まっていて、買えていなかったのだ。

「ご希望のメーカーなどもお願いします」

細かいな。言われたとおりに答えると、

「あ、ちょっとすみません。クッションお借りしますね」

妖精さんはソファーのクッションをダイニングテーブルの椅子《いす》に置き、その上に立った。そして、小さなメモ用紙にちまちまと買い物メモを書き込む。よくあんな柔らかそうな手でボールペンを握《にぎ》れるな……。しかもけっこう字が上手い。

「お昼ごはんのリクエストなどありますか？」

「え、今食べたばっかりなのに」

「常備菜も作る予定なんですけど、何か好物《こうぶつ》などは？」

だから、今食べたばかりでお腹いっぱいだから思いつかない。

「……なんでもいいです」

言ってはいけないことを言った気がする。妖精さん、怒らないだろうか。

「特別な好き嫌いはありますか？」

「いえ、なんでも食べます」

「ほんとですか？」

「……野菜が足りないので、それを補《おぎな》えればいいな、と思います」

「わかりました」

妖精さんはそう言ってさっさと出ていった。ドアが閉まる「ガチャン」という音が家中にやけに響《ひび》く。

夏音はしばらく呆然《ぼうぜん》と座っていた。何が起こったのかゆっくり考えていたら、あっという間に時間が過ぎる。コーヒーが効いて目が覚めるかと思ったが、ずっと眠い。というより、ぼんやりしている。歯を磨いたら覚めるかしら、と洗面所へ行って、ついでに顔も洗ったけれど、眠いままだった。

ああ、ベランダに洗濯物もはためいている……。いやあ、なんだか幸せな夢っぽいな。やっぱり、ちょっと横になろうかな。

寝室のベッドにごろりと寝そべる。静かだ。なんだか、最近外はずっと静かで――それが不安だった。どうしたらそれが解消できるかもわからないし、自分は何もできないから、ただ静かなだけでも不安なのだ。子供が外で騒《さわ》いでいる声が聞きたいだけなんだが……。

夏音は目を閉じる。目を覚ましたら、多分夢は終わっているだろう。つかの間の休息って感じだった。いい夢だったな。せめて夢の中だけでも毎日こうならいいのに――。

夏音は目を覚ました。

よく寝た、という感覚があったが、時計を見ると三時間ほどしかたっていなかった。

いや、昼寝の三時間は長いだろう。

そう考えた時、見ていた夢を思い出した。ということはこれは昼寝じゃなくて、普通に寝て起きた、ということか。

午後一時——夢の中では妖精さんが買い物に行ってくれたが、そろそろ自分で買い物に行かねばならない。混んでるかな……。夕方になる前だったら平気かな。開店と同時に行っても混んでる時は混んでるし——。

そんなことを思いながら寝室を出ると、何やら騒がしい。え？　夏音は足が止まる。

この音は、まぎれもなく掃除機の音。

そろりそろりと居間へ行くと、妖精さんが掃除機で床《ゆか》を吸っていた。長いパイプをはずして、ハンディタイプにしていたが、それを脇に抱《かか》えるようにして。

ベランダの洗濯物は明らかに増えていた。ふとんも干《ほ》してある。あれ、もしかしてまだ夢の中？　今、何層目《なんそうめ》？　なんかそういう映画あったよね？

「あ、起こしてしまいましたか？」

いや、自然に目が覚めただけだと思うが……。

「お昼、召し上がります？」

そんなにお腹はすいていない。さすがに朝食食べて三時間だし……。

「軽くサンドイッチでもいかがですか？」

「はい……」

「ハムとチーズと野菜とか……ホットサンドもできますが」

「ホットサンドメーカーなんてないですよ！」

うちにはそんな小洒落《こじゃれ》たものはない。

「持ってきましたから」

持ってきた――どこから？　妖精の国から？　ホットサンドメーカーを？

「パスタとかもありますが」

パスタ――サンドイッチだとパンが朝とかぶる。ここはやはり麺類《めんるい》にした方が無難《ぶなん》かな。ホットサンドも気になるが。

「パスタでお願いします」

「簡単なトマトソースパスタとかでいいですか？」

「もちろんです」

「お掃除はもう終わりますので、それから作りますね」

「あ、ごゆっくり……」

変な会話。ここに住んでるのはあたしなのに。

いや、夢だからね。

ガーガー掃除機をかけている妖精さんを見守る。動きが面白い。けっこうあの掃除機は重いはずなんだけど、持てているのはどうしてなんだろう。謎《なぞ》だ。

もうほとんど終わっていたようで、まもなく掃除機は止まり、台所の壁《かべ》にきちんと掛け戻された。あまり大きくない掃除機なのだが、妖精さんと比べると巨大《きょだい》ですらある。

でも謎の腕力《わんりょく》で操《あやつ》る。さすが妖精。きっと不思議な力も使っているに違いない。

「ちょっとお待ちください。あ、飲み物を先に出しましょうか？　何にしましょう？」

朝はコーヒーだったから、昼は違うものにしようかな。

「紅茶で」

「わかりました。ミルクと砂糖は？」

「ストレートで」

「かしこまりました」

妖精さんは紅茶をすぐに出してくれる。香り高く、味わい深い。これもきっと、妖精の国から持ってきたお茶なのかもしれない。ということは、今朝のコーヒーも？……「妖精の国」と「コーヒー」という語感《ごかん》のそぐわなさったら。

熱い紅茶をちびちび飲んでいると、スープが運ばれてきた。

「簡単な野菜スープですけど、どうぞ」

スープマグになみなみと注がれたスープには、いろいろな野菜とベーコンが入っていた。コンソメ味のシンプルなスープ。これは妖精が作りそうな味。野菜なんてほとんど冷蔵庫に入ってなかったはずなのに――さすが妖精さん。

台所ではまな板で何か切る音が聞こえてきた。一応対面式キッチンなのだが、ダイニングテーブルに座っていると何をやっているのかよく見えない。身体を延《の》ばしてのぞくと、頭は見える。大きな耳がひょこひょこ動いている。背の小さい人ががんばって台所仕事をしているという感じ。何か台に乗っているのだろう。そんなもの、うちにあったかな。

いやいや、妖精さんだから、宙《ちゅう》に浮かんでいるに決まっているではないか。翼《つばさ》は

（見たところ）ないけどね。

しばらくすると、何かをフライパンに入れる音がして、にんにくの香りが漂《ただよ》ってきた。あー、食欲刺激《しげき》される。軽快《けいかい》な炒め音にも期待が高まる。ザーッと何かがこぼれる音がしたが、これはきっとパスタの水切りをしたんだな。

「はい、トマトソースパスタです」

白い皿におしゃれに盛りつけられたパスタが出てきた。バジルなんか飾《かざ》っちゃったりして、レストランみたいだ。

「おいしそう……。いただきます」

熱々のパスタを早速頬ばる。トマトの酸味とツナのうまみはシンプルだが間違いない味だ。

お腹はあまりすいていないと思っていたが、貪《むさぼ》るように食べてしまった。夢の中でも普通に味があるんだな。

「はー、おいしかった。ごちそうさま」

紅茶も飲み干して満足満足。

食器を台所に持っていくと、妖精さんは洗い物をしていた。なんと幅広《はばひろ》な脚立《きゃたつ》に乗っている。そんなもの、うちにはない。

ていうか、妖精なのに飛ばないんだ……。やはり翼がないから？　それもまた人間の先入観の一つだろうか。私たちは妖精のことなどこれっぽっちも知らないのだから――。

てか、夢だしね！　飛んでる方が夢っぽいけど、そういうツッコミどころがあるのが夢っぽくもある。

洗い物が終わった妖精さんは、コンロの鍋のふたを開けた。小皿に中の具を出して、菜箸《さいばし》で食べてる！　食べてるようにしか見えない！　鼻の下に具を押しつけたら、ほっぺたがもぐもぐ動いた！

「……何してるんですか？」

「あ、煮物の味見を」

煮物!?　これまた妖精さんには似合わない言葉が出てきた。妖精さんは「煮物」ではなく……えーと、そうだっ、シチュー！　シチューの方が似合う。

まあシチューだって「煮込み料理」なんだけど。

「どうして煮物作ってるんですか？」

「常備菜です。冷《さ》めたら冷凍しますよ」

「えっ、そんなことまでしてくれるんですか？」

「はい。すべて冷凍しておきますから、日持ちしますよ」

うれしい。冷蔵の常備菜は食べられないまま捨ててしまうことも、最近多いのだ。

「それ、なんの煮物なんですか？」

「筑前煮《ちくぜんに》です」

また似合わない単語だけれど、

「ええー、うれしい」

大好きだ。

「味見しますか？」

「はい」

小皿に取ってくれた。にんじん、ごぼう、たけのこ、しいたけ、れんこん、鶏肉《とりにく》——具材は小さめに切られていて、味も染みている。このままごはんのおかずにしたい気分だった。お昼を食べたばかりなのに！

「あとはこれを冷凍庫に入れれば終わりです」

「終わりってどういうこと？」

「冷凍庫がいっぱいになりましたんで」

夏音はあわてて冷凍庫を開ける。多少の余裕《よゆう》を残して、ほぼ保存容器でいっぱいになっていた。様々なおかずが並んでいる。

「一応、何を入れたか書いておきましたよ。付箋も貼ってありますが」

ぺらりと紙を差し出される。キーマカレー、ミニハンバーグ、鶏団子《だんご》、牛肉の甘辛煮、いんげんの胡麻和《ごまあ》え、きのこのきんぴら、等々——小さめな容器であるのもうれしい。一人分に分けてあるのだ。それでこの品数。

「大変だったでしょう?」

「いえいえ、慣れてますから」

妖精さんなのに和風のものが多いのが気になるが、夏音としてはありがたい。

「古いものは使ってしまったので、新しく買い足しておきました」

もしかしてさっきのスープとパスタは、これらを作る時に出た野菜の端っことかを使って作ったものかもしれない——という考えが頭をよぎるが、そんな節約術《せつやくじゅつ》、妖精さんがするわけがない、と思う。妖精さんはもっと太っ腹でいてほしい。でも、コンロの端の方にずっと置きっぱなしになっていたツナ缶とトマト缶がない……。さっきのパス夕に使ったのかも……。

「米は米びつに移しておきましたから」

そうだった。ホワイトボードに「米五キロ」ってずっと書いてあったのだ。五キロの米を、この小さな身体でどうやって買ってきたの？　五キロどころか二キロでもつぶされるでしょ？　あたしだって持って帰ると疲れちゃうのに……。

いや、それこそ不思議な力を発揮《はっき》したに違いない。きっとそういう力は、いざという時にしか使わないのだ。お米持って帰る時とか！

米については何も触《ふ》れずにいると、妖精さんも何もなかったかのように言う。

「おやついかがですか？」

何その甘やかし。ほんと夢のよう。夢だけど。

「シュークリームありますよ。カスタードと抹茶《まっちゃ》がありますけど、どちらにしますか？」

「抹茶をいただきます！」

出てきたのは、ザクザク生地《きじ》のシュークリームだった。こんなんも作れるのか！　中のクリーム、しっかり抹茶の味がする。甘いけど、この渋さは大人の味だ。

紅茶も新しくいれてくれた。あーもー、こんなにゆっくりお茶を飲んだりおやつを食べたりしたのっていつ以来だろう。子供と一緒に急いで食べてばっかりだったから――。あ、そういえば実家に全然連絡してなかった。いや、毎日なんとか時間作って連絡はしているけれど、休みの日となれば、少し長い時間話すことができる。でも、これは夢だから、連絡はできないな、きっと。

自分のことだけ考えていいって、これもいつ以来かな。ぼんやりこうやっておやつ食べたり、紅茶飲んだりしながら、妖精さんがソファーで洗濯物をたたんでいるのを見るなんて――テレビ見ているよりも面白いな。Tシャツたたむのうまいなー。お店の人みたいだ。

などと考えていたはずなのに、いつの間にかウトウトしていたようだ。

「ソファーにどうぞ」

とうながされて、ヨロヨロと倒れ込んだ。ふわっとタオルケットらしきものがかけられて、夏音はまた眠ってしまった。

目を開けると、もう外は暗いようで、カーテンが閉まっていた。

まさか——昨日帰ってきたところからやり直しか、と思って飛び起きる。

あ、いい匂い……。え、まだ夢から覚めないの？

「あ、起きましたか。今お夕飯を作っていたんですが」

妖精さんの声が台所から聞こえる。

「メニュー、何もお聞きしないで決めてしまいましたが、大丈夫でしょうか。お鍋なんですが」

「あ、大丈夫です」

変な返事してしまった。

「食べます食べます！」

食い気味に言い直す。

「先にお風呂に入りますか？　沸いてますよ」

うおー、新婚さんみたい。と言っても相手は妖精さんだが。

「最近、湯船には浸《つ》からないの……」

「ちゃんと浸かった方がいいですよ。疲れが取れます」

「でも、お風呂掃除もめんどくさいし……」

「しておきますから、どうぞ入ってください」

えー、いいのかな。なんだこの夢。

言われるまま、ゆっくりと風呂に入った。確かに湯船に浸かるのはめんどくさい。けど、やっぱり気持ちいい。疲れも取れるし、夜もよく眠れるってわかってる。風呂掃除しないでいいってほんとかな。なんかそれだけのことが、涙が出るほどうれしい。

仕事が激烈《げきれつ》に忙しい時、毎日やらなきゃいけないことって、大したことじゃなくてもものすごく重い。好きなことばかりじゃないし、ちょっと嫌いなことだったりするとストレスが何倍にもなる。

それでもやらなきゃならないことって毎日必ずあって……でも、それをほんの少しやってもらえると、ちょっとだけ楽になる。

涙が止まらなくて、なかなか出られなかった。

風呂から上がると、テーブルの上にはカセットコンロが置かれていた。小鉢にとんすい、かわいい箸置きもセットされている。

「どうぞ、座ってください。缶ビールが冷蔵庫にありましたけど、お飲みになりますか？」

と言いながら、妖精さんが台所から出てくる。やはりタオルで手を拭きふきしていた。

「あ、飲みたい……飲みたいです」

でも、明日は仕事だし……本当はドロッドロに酔いたい気分ではあるが、ほろ酔い程度に抑《おさ》えたい。

って、夢なんだから好きなだけ飲んでもいいはず。飲んでも酔わない可能性もあるぞ。

よし、じゃあロング缶にしようか！　と思ったら、

「小さい缶ですけど、グラスで飲みますか？」

そうだった。ストックしているのは飲みすぎないようにと小さな缶にしてあるのだ。

夢でもすごく現実的な展開になるんだな……。

「グラスに注いでください」

せめてもの贅沢。

妖精さんがビールと、ちくわにきゅうりとチーズをはさんだおつまみをトレイに載せて持ってくる。さすが妖精さん、不自然なバランスでものともしない。

「どうぞ」

隣の椅子に軽々と乗っておつまみを並べたあと、なんとお酌《しやく》まで！　なんて気が利

くのだろう。こんなふうにもてなされて家でビール飲むなんて初めてかもしれない。

一気にビールを半分飲んだところで、妖精さんが一人用の土鍋を持ってくる。おお――鍋つかみなしで。すごいな。

カセットコンロにセットし、ふたを開けると、白いスープの中に豆腐と野菜が入っていた。いや、違う。スープ、ちょっとピンク色だけど……何これ⁉

「明太子《めんたいこ》入りのスープです」

ええっ、そんなの入れるの⁉　しょっぱくない⁉　からくない⁉

「スープだとそうでもないと思いますよ」

あたしが明太子大好きって妖精さんは知っているのかな⁉

かわいい土鍋にごはんがこぢんまりと並ぶ。熱々の豆腐にスープが染みておいしい。野菜と明太子のピリ辛が溶け合って、ごはんも進む。小鉢の野菜の浅漬けがよく冷えていて、いい箸休めになる。あとビールうまい。

あっという間に食べ終わってしまった。もうちょっと味わえばいいのに、と自分でも思う。

洗い物をしているらしい妖精さんのひょこひょこ動く耳を見ているうちに、酔いが回ったのか眠くなってきた。大あくびが出てしまう。

「もうお休みになったらいかがですか？」

そう言われてうなずく。身体がポカポカしてすぐにでも眠れそう。

「お風呂掃除をしてからわたしは帰りますね。朝食にはスープを温めてください。フルーツとシュークリームもありますので」

ああ、シュークリーム――カスタードもあるって言ってた。明日食べて仕事に行こう。

「ありがとうございます」

「いえ、こちらこそいつもありがとうございます。あなたの疲れが少しでも減っていたら、いいんですが」

そんなことを言われた。こちらこそってどういうこと？

わからないまま歯磨きして寝室へ行くと、ベッドがちゃんと整えてあった。掃除もしてあるみたい。もうなんでもしてくれて――明日が怖い。というか、夢から覚めるのが怖い。

夏音はふかふかなふとんに潜り込む。おひさまの匂いがして、また泣いた。泣きながら、眠りに落ちていった。

目覚ましが鳴り、夏音は目を覚ました。

今日は休みだ。でも、やることがたくさんある。一日寝ているわけにもいかない。本当は何もしないで心ゆくまで眠りたい……。

ん？

夏音は身を起こした。

なんだか心ゆくまで眠れたような気がする。

時計を見ると、いつもの出勤に合わせた時間だった。最近はうだうだと起きられず、結局ギリギリになって、ごはんも食べずに飛び出すことも多いのに、今日はこうやって起きられた。

どうしてこんなに身体が軽いの？　これなら、いろいろ用事がこなせるかも——と思うと少しげんなりした。きっとダラダラしてしまってできないに違いない。

でもとにかく、ベッドから降り、居間へと行く。そこで、呆然とした。

ほこりでザラザラしていた床はきれいに拭かれ、ソファーの上にはたたんだ洗濯物が積み上げてあり、ぐちゃぐちゃだったダイニングテーブルの上はすっきり片づいている。

台所のシンクやコンロもピカピカだ。冷蔵庫を開ける。中身が整理されていた。捨てなくちゃ、と思っていた期限切れのものがなくなっている。

冷凍庫には、きれいに保存容器が並んでいた。一つ一つに付箋が貼ってある。キーマカレー、ミニハンバーグ、鶏団子、牛肉の甘辛煮、いんげんの胡麻和え、きのこのきんぴら——こ、これは……！

「まさか……妖精さん？」

夢じゃなかったの？

子供たちの部屋も片づいていた。トイレも洗面所も風呂場もきれいに掃除してある。玄関の靴は磨かれ、ちゃんとしまわれていた。

妖精さんって、ほんとにいるんだ……。

いやいやいや。待てよ。もしかして、こっちが夢なのかも、と夏音は思う。え、どこからどこまでが夢で、何が現実なの？　あたしの夢は、何階層《なんかいそう》まであるの!?

でももし、夢じゃなかったら……？

とりあえず、テレビをつけた。最近気が滅入《めい》るのでつけていなかったのだが、背に腹は代えられない。

ニュースの画面に映し出されていたのは、出勤すべき日にちだった。ということは、昨日は休みだったはず。休みの間、これだけ家事をしたら、もっと疲れているはず。こんなにすっきりしているなんてありえない。

でも、やったんだろうか……。全然憶えがない。夏音の記憶は、妖精さんとともにある。

とにかく、出勤はしないといけないみたいなので（夢かどうかはこの際《さい》気にせず）、朝食をとろう。時間あるし。

冷蔵庫を開けると、電子レンジ用の器《うつわ》にベーコン入り野菜スープが入っていた。

『朝食にはスープを温めてください。フルーツとシュークリームもありますので』

そんな優しい声が甦《よみがえ》る。野菜室にはフルーツがちゃんとカットして入れてあった。シュークリームは――あっ、これ、駅前のおいしい洋菓子店のものではないか。昨日は袋から出して皿に盛られていたので、てっきり妖精さんが作ったとばかり……。

いや、こんなザクザクの凝《こ》った生地、いくら妖精さんでも作れないよね。

夏音はそんなことを思いながらシュークリームと、温めたスープ、フルーツで朝食をすませた。朝には糖分《とうぶん》が必要だよね。

支度の時間も充分にあった。洗い物はしたし、ベッドも整えてから出られた。こんなに余裕ある出勤は久しぶりだ。

歩調《ほちょう》も軽くて、いくらか早めに職場についてしまった。向かいにあるいつも寄るコンビニでコーヒーを買い、外で飲む。

電話がかかってきた。夫の龍平からだ。

「もしもし？」

「おはよう。朝早くて悪いね。大丈夫？」

「うん、今コンビニでコーヒー飲んでる」

コーヒーは妖精さんがいれてくれたもののほうがおいしい。

「昨日はぶたぶたさんがなんでもやってくれたでしょ？」

ぶたぶたさん？　って誰？

「よく休めたみたいで、声が元気そうだよ」

「そうかな？」

後ろで「替《か》わって替わって」と小さな声がする。

「ちょっと元気《げんき》に替わるね」

「ママ、おはよう！」

息子の声が電話に響く。

「顔見せてくれる？」

ビデオ通話に切り替えると、脇から娘の詩絵里《しえり》も入ってくる。夫と子供たちの顔を見ていると、なんだか涙出そう。

詩絵里はまだ三歳で、何を言っているのかわからないが、喜んで興奮しているのはわかる。元気はそれにつられたのか、テンション爆《ばく》上がりだ。

「元気は、やっぱり元気だね」

名前のとおりの子なのだが、その分、出かけられないし、入ったばかりの小学校にも行けないストレスがずっとたまっていて、最近元気がないのが気になっていたのだ。夫がこの間、愚痴っていた。相手をしてやれない夏音としては、申し訳なく思うしかなかったが。

「しえちゃんも元気だね」

「げんきじゃなくて、しえちゃん！」

と詩絵里が叫ぶ。お決まりのやりとりに、夏音は笑顔になる。

「あ、ママ、ぶたぶたさん行ったでしょ⁉」

元気が言う。

「ぶたぶたさん？」

それが妖精さんの名前だったの？　名乗っていたような気もするが──「妖精さん」と心の中で呼んでいたし、あたしにとってあの人（？）は妖精さんだ。

「うちにも来たんだよ！」

「ぶたぶた！　ぶたぶた！」

詩絵里がさらに興奮している。大丈夫か、と思うくらい……。

「夏音のお母さんから紹介してもらって、そっちに行ってもらったんだけど、メールは読んでない？」

「あ、お母さんのは読んだけど」

「いきなりで悪かったね。でも、あれはお義母《かあ》さんのアイデアだったんだよ。うちにも来てもらってすごく助かったんだ。そっちの鍵も預けちゃったから、びっくりしたよね、ごめんね」

夫と子供たちは、今車で三十分ほど離れた夫の実家で暮らしている。いろいろ話し合った結果、今のこの状況というか、災禍《さいか》が治まるまで、夏音は一人で暮らした方がいいだろう、ということになったのだ。幸い夫はリモートワークになり、実家は広い。

ただ夫の両親はともに持病《じびょう》があり、子供たちの世話を全面的に頼ることはできない。家事は家族で分担できるが、夫もリモートワークと、つきっきりでの子供の世話という慣れないストレスにさらされていた。

夏音の実家は車で行くには少し遠く、父の介護《かいご》があるので頼れない。

母が寄こす愚痴が最近減ったのは、やはり妖精さんを頼んだおかげなのだろうか。子供たちがこんなふうに元気になったのも、もしかして――。

そのあと、夫が何かいろいろ言っていたが、聞いているうちにだんだんとこうしている今が、現実なのだ、と思えてきた。

昨日一日のことも、現実であり、家が片づいていることもそうだ。

そして、妖精さんも現実だ。

「妖精さんが、うちをきれいにしてくれたよ」

「妖精さん？」

「いつも言ってるでしょ？　いつの間にかうちを片づけてくれる妖精さんが来てくれる

といいなあって」

片づけてくれるだけでなく、ごはんも作ってくれて、買い物にも行ってくれて、冷蔵庫にいっぱい常備菜を入れておいてくれるなんて。

並のハウスキーパーを超えている。あれはやっぱり妖精さんなのだ。だって、外見《がいけん》ぬいぐるみだし。

「ありがとう」

「いや、それは俺じゃなくてお義母さんに言いなよ」

そうだった。

電話を切ったあと、母にメールを送る。

『お母さん、妖精さんを寄こしてくれて、ありがとう』

するとすぐに返事が。

『妖精さん！　それはぴったりな呼び名だね。そうとしか見えないもんね！』

妖精さんがうちに来て、一週間ほどたった。

掃除に関しては相変わらずサボっているが、食事は充実している。常備菜がまだだいぶ残っているから。本当にたくさん作ってくれた。

なるべく湯船にも浸かるようにしている。規則《きそく》正しい生活、というのにはまだほど遠いし、しんどさは変わらないが、そんな時は妖精さんの「こちらこそいつもありがとうございます」という言葉を思い出す。特に、誰からもお礼もないどころか、いやなことばかりの一日を過ごした時は。

妖精さんとの一日を思い出すと、まだもう少しがんばれそうな気がする。

そんなある日、職場の後輩の女の子が、休憩室《きゅうけいしつ》で泣いているのを見た。隅《すみ》っこで、誰もいないと思っていたのだろうが、それでも声を殺して、後ろを向いて。

その姿は、一週間前の自分を彷彿《ほうふつ》させるものだった。周りの誰もがつらいから、自分のつらさも言えない。我慢をして過ごすしかない。彼女も一人暮らしのはずだから、家に帰っても誰にも聞いてもらえないのだろう。

仕事の帰り、いつものコンビニでコーヒーを買って飲んでいると、その子が職場から出てきた。涙のあとが痛々しいが、それをつくろう余裕もないらしい。夏音に気づくこともなく（あるいは気づかないふりをしたか）、コンビニへ入っていく。

夏音はしばらく迷ったが、母に電話をする。

「夏音、久しぶり。元気？」

「うん。この間はありがとう」

お礼はメールで返したけれども、直接は言っていなかった。

「あの、久しぶりなのに悪いんだけど、この間の妖精さんの連絡先を教えてくれない？」

「妖精さん？」

「あ、違った、あの、ぬいぐるみの——」

「ああ、ぶたぶたさんのね。気に入ったの？　また来てもらうの？」

「ううん、あたしじゃないんだけど。あの人、忙しいの？」

「忙しいと思うよ。今は紹介した人のところにしか行ってないって言ってたけど」

「どうして？」

需要《じゅよう》はいくらでもありそうなのに。

「あんたも『妖精さん』って言ってるけど、決してそういうものじゃないんだからね」

そう言われて、夏音はしばし絶句《ぜっく》した。誰かが誰かのために働く。その誰かが、また誰かのために働いて、世間は回っていく。あたしが誰かに癒やしてもらいたい、と思うように、妖精さんだって疲れることもある、ということだ。

「まあ、無理はしないだろうけど」

まるで友人のことを話しているような口調《くちよう》だった。母は妖精さんとどんなこと話したりしたのかな。いつか落ち着いたら、ゆっくり聞いてみたい。

「とりあえず連絡して、聞いてみなさい」

「さっき紹介でって言ってたけど、あたしが友だちに紹介してもいいってこと？」

「いいはずだよ。その人がちゃんとした人なら」

後輩の子は、新卒《しんそつ》の頃からここで働いていて、真面目《まじめ》で賢《かしこ》く、控《ひか》えめだがさりげない気配りやフォローも上手だ。たくさんの人と接する必要のあるこの職場では、そんな気質はとても助かる。それゆえ、損《そん》をすることも多い。先輩である夏音たちはそれをちゃんと拾い上げているつもりではあるが、最近はそんな余裕は誰にもない。若くて体力もある彼女にシワ寄せが来ていることを申し訳なく思っている。

母から連絡先を聞き、電話を切った。

また少し迷ったが、夏音は教えてもらった携帯電話の番号に電話をした。

「もしもし」

妖精さんの声がした。

「こんばんは。先日はありがとうございました。松岡夏音です」

「あー、松岡さん！　こちらこそありがとうございました」

すごくすごく普通の中年男性の声。夏音よりちょっと年上くらいの。電話だと、姿が見えないから現実にいかにもいそうな人の声に聞こえる。

「常備菜、ほんとに助かってます」

「ああいうのでよろしければ、またいつでも呼んでください」

いつでも呼んでいいのか。そう言われて、また少し心が軽くなる。もちろん、ただじゃないんだけど。本当の妖精さんじゃないから。だが、「いざとなったらいつでも呼べる」というのは心強い。

「今、お忙しいんですか？」

「そうですね。でも現在はご紹介の方のみにしていますので、ちょっと忙しいだけです」

母が言ったとおりのことを言う。

「連絡先を教えるだけっていうのでもいいんですか？」

「松岡さんのご紹介ということですか？」

「はい。あ、料金はあたし持ちで」

とっさにそう言った。この間のは、夫のおごりだった。その前は母のおごり。母も友だちからおごってもらったと言っていた。

そんなふうにやってくる妖精さんは、本当に妖精さんのようではないか。いや、あたしがそう思いたいだけかもしれないけど。

「よろしいですよ」

夏音はほっとして、紹介したい後輩の名前を言う。

「では、ご連絡待ってます」

「ありがとうございます」

そう言って、電話を切った。

そのすぐあとに、後輩がコンビニから出てきた。ギリギリだった。

「難波《なんば》さん」

声をかけられて、彼女は驚いたように振り向いた。本当に気づいていなかったようだ。

「あ、松岡さん……お疲れさまです」

「お疲れさま。もう帰るの？」

「はい」

彼女の休みはいつだったか――とっさに思い出せない。とにかく言ってしまえ。

「あのね、変なこと言うけど、聞いてくれない？」

彼女は少し戸惑った顔をしたが、やがて、

「……いいですよ」

と答えた。

二人で車止めに並んで座り込む。難波は、買ったばかりの野菜ジュースにストローを差して飲み始めた。

「月がきれいだね」

「そうですね……」

少し霞《かす》んでいる三日月《みかづき》だった。久しぶりにこんなふうに夜空を見た。

「あのね、難波さん、妖精って信じる？」

夏音は言った。

「……え？」

難波が怪訝《けげん》な顔をする。無理もない。あたしが彼女の立場だったら、絶対同じ顔をする。たとえ「変なことを言う」と断りを入れていても。

「この間、うちに妖精さんが来て、家のこと全部してくれたの」

「……松岡さん、大丈夫ですか？」

「大丈夫じゃないかもしれないねえ……でも、それは難波さんも同じでしょ？」

そう言うと、彼女は黙《だま》った。

「妖精さんにだいぶ助けられたよ。少しひと息つけた」

ひと息でも、つけるとつけないは大違いだ。

「妖精さんに何か手伝ってもらいたいこと、ある？」

難波はしばらく考えたのち、

「あります」

「どんなこと？」

「あたし、自炊《じすい》苦手なんです。ずっとお母さんのごはん食べたいって思ってて……でも、帰れないから……」

そう言って、難波はポロポロ涙をこぼし始めた。コンビニのビニール袋の中には、お弁当や菓子パンが入っていた。

「ほんとはお母さんに会いたいです……」

以前、彼女から母一人子一人で育ったと聞いたことがある。お母さんと同じ職業だということも。

「妖精さんに、食べたいものを言ってごらん。きっと作ってくれるよ」

「あたしの部屋狭くて……荷物も多いから、そんなに人呼べないんです……」

「大丈夫だよ！　妖精さん、小さいから！」

なんという利点《りてん》だろう！

「ティンカーベルよりは大きいけど」

「……松岡さん、ほんとに大丈夫ですか？」

「あ、うん、まあね。とにかく、それに関しては心配しなくていいから！」

難波の顔は不安そうではあったが、

「連絡先だけ教えるから、気が向いたら電話してみなよ」

携帯の番号と「山崎ぶたぶた」という名前を教える。

「妖精なのに、名字あるんですか……？」

ツッコむところ、そっち？　と思ったが、確かに名字のある妖精って変だな。

「あんまり気にしないで。ほんとに気が向いたらでいいから。あたしも、来た時驚いたけど、すごく頼れるから」

「はあ……」

難波の戸惑った顔を尻目に、夏音は、

「じゃあね」

と言って、コンビニをあとにした。

ちょっとドキドキしていた。こんなおせっかいを焼いたのは初めてだ。

難波は妖精さんに連絡するだろうか。あー、でも声で警戒《けいかい》されるかもしれない。女の子の一人暮らしだから。失敗した、と引き返そうとしたが、もう彼女はコンビニの前から消えていた。

まあ、いいや。あとは彼女にまかせればいい。

自己満足かもしれないが、泣いている難波を放っておけなかった。あんなふうに一人で泣いている人がどれだけいるだろう、と思うと胸がふさがれる。そういう人全員のもとに、あの妖精さんが来てくれればいいのに、と思う。

しかし、欠点《けってん》が一つだけある。それは、毎日玄関のドアを開けたり、起きた時とかに妖精さんがいるんじゃないかと探してしまうこと。あ、あと、夢の中でも会えないかな、とつい考えてしまう。

でも夢じゃないから、また会える、と思えるのだ。夢じゃないから、妖精さんが作ってくれたおかずで今日もごはんが食べられる。

そう思って、毎日を生き延《の》びていこう、と夏音は自分に言い聞かせた。

誕生日の予定

時間どおりにチャイムが鳴ったので玄関のドアを開けると、そこにはぶたのぬいぐるみが立っていた。

小さな薄ピンク色のぬいぐるみだ。バレーボールくらいの大きさ、突き出た鼻。黒ビーズの点目、大きな耳の右側はそっくり返っている。そして背中には、ぬいぐるみとの比率《ひりつ》からすると大きすぎる四角いリュックが。

末永《すえなが》ひふみは、誰がこんないたずらを、と思ったが、次の瞬間、

「こんにちは。お約束しておりました山崎です」

という男性の声を聞いて、フリーズした。おととい聞いたばかりの声ではないか！　こんなふざけたことをする人だったの⁉　誠実《せいじつ》そうな声だから、選んだのに！

「すみません、もう一人担当が来る予定だったのですが、ちょっと体調を崩《くず》してしまいまして、わたし一人ですが、大丈夫でしょうか？」

大丈夫って……。

「ちょっと失礼」

ひふみは玄関から外に出た。廊下に山崎という男性がいると思ったから。

ところが、マンションの廊下には誰もいなかった。

「わたしだけでもちゃんと打ち合わせはできますので」

振り向くと、そこにはやはりぬいぐるみしかいなかった。

「どういうこと……？」

「驚かせて申し訳ありません。わたし、おとといお電話でお話ししました山崎ぶたぶたと申します。ぬいぐるみです」

声はぬいぐるみの方から聞こえる。鼻がもくもくっと動いている。

「マジで……？」

混乱しすぎているのか、普段使わないようなことを言ってしまう。すると、

「マジです」

と答えが。

なんだろう、この状況。どうしたらいいの？

すると、隣の部屋のドアがガチャガチャと言い始めた。あっ、人が出てくる！

「と、とりあえず入ってください」

なぜだかこの状況を人に見られるのが恥ずかしくて、ぬいぐるみを追い立てる。ぬいぐるみにしては素早く家の中に入っていくと同時に、隣のドアが開く。

「あ、こ、こんにちは。いってらっしゃい」

エコバッグを持ったお隣さんに挨拶《あいさつ》をして、ひふみはそそくさとドアを閉める。

玄関にはぬいぐるみが仁王立《におうだ》ちしている。短い柔らかそうな足をやたら踏んばっている姿は笑いを醸し出すが、その時、ひふみは先日の電話の内容を思い出した。

『子供を楽しませる余興《よきょう》に関しては、我が社独特《どくとく》のものもありまして――』

このことなのかー！

「子供を喜ばせるオプション――なんですか、これは」

思わずたずねてしまう。

「オプションですか？　いろいろありますよ。できるだけ叶《かな》えられるよう努力いたします」

……話が噛《か》み合っていない。

それにしてもよくできている。鼻がもくもく動くたびに声が聞こえるし、手足も連動している。こんなふうに動くぬいぐるみであれば、パーティの際などには子供がすごく喜びそう。そういえばここ、元はベビーシッターの会社だっけ——。

でもどういう構造《こうぞう》なの？　さっき自分で「ぬいぐるみ」って言ってたけど、そんなの信じられない。得体のしれないものを家に入れてしまった。とっさにとはいえ、うかつだったろうか。いざとなったら踏んづけるなりすれば勝てるだろうか。

あるいは、突然声に見合う大人の男性に変身したりはしないか？

いや、そんな非現実的なこと——すでに充分そんな状況なのに。……どうすりゃいいのだ？

「とにかく上がってください」

迷ったけれど、そう言った。娘はぬいぐるみが好きで、部屋に飾っている。その中にぶたのもあったはずだ。

このぬいぐるみのことを、娘は喜ぶかもしれない。

ついこの間のことだ。

普段、お母さんらしいことをしていない、とひふみは思い当たった。

娘・蓮華《れんげ》の誕生日は来月だ。誕生日パーティをしたらどうだろう。今まで一度もしたことがないけれど。

どう準備をしたらいいのだろう。

友だちに電話して、訊いてみる。

「蓮華のために誕生日パーティを開こうと思ってるの。どういう準備をしたらいいの？」

友人はしばらく考えたのち、

「サプライズはやめた方がいいと思うよ」

「えー、そうなの？」

その方がいいかも、とちょっと考えていたのだが、見抜かれていたのか。

「やるならちゃんとどうしてもらいたいか蓮華ちゃんに訊いた方がいいと思う」

「そうねえ……」

「なんで急にそんなこと思ったの？」

「誕生日パーティってしたことなかったから」

「……そうなんだ。それなのに、なぜ今急に？」

「やっぱり、それくらいはやってあげた方がいいかなって」

「そうか……」

友だちは納得《なっとく》していないようだったが、

「あなた、そういう時ってどんなことしてた？」

とたずねると、

「うーん……ピエロとか呼んだこともあったかなあ。息子がけっこう好きだったから」

と答えてくれた。

「えっ、ピエロなんて呼べるの⁉」

「呼べるよ。イベント仕切《しき》ってくれたりもするよ。もちろんお金かかるけどね」

「どんなところに頼んだの？」

「それは……もう昔のことだから、連絡先とかは忘れちゃったよ。でも、今はネットで探せばいくらでもあると思うよ」

ひふみは言われたとおり、ネットで調べてみた。本当にいろいろある。大道芸人《だいどうげいにん》などに気軽に来てもらうのも多いが、やはり要望を聞いてもらいたい。そう考えて探すと、地元密着型《みっちゃくがた》の小さな派遣《はけん》料理人の会社を見つけた。

　よくよくホームページを読み込むと、元々はベビーシッターの会社で、出張《しゅっちょう》料理やハウスキーパーの仕事をする部門もできた、ということらしい。ホームパーティの際には、家の下見にも来てくれ、見積もりも立ててくれる。

　なんだかアットホームな感じだ。ピエロを呼べるかはわからないが、それはあとで訊いてみればいいか。ネットでも予約できるようだが、電話受付もある。ネット予約はお手軽だが、やっぱり話がしたい、と思い、ひふみは電話をしてみた。

「はい、お電話ありがとうございます――」

　と聞こえてきたのは、山崎と名乗る落ち着いた中年男性の声だった。なんだか頼りになりそうな雰囲気。

「娘のために誕生日のパーティを開きたいんです」

「わかりました。ご自宅でですか？」

「自宅じゃなくてもできるんですか？」

「イベントルームやレストランなども手配できますよ。どうなさいますか？」

　外に会場を借りると楽なのはわかるが、それはあまりアットホームとはいえないな。

「うーん……やっぱり家で」

「ご自宅で、ということで」

「はい。それから、サプライズにしたいんです」

どうしてもやってみたい。

「なるほど。サプライズをご希望、と——ご招待《しょうたい》するお客様は何人くらいを考えておられますか？」

ひふみはしばらく考える。娘の友だちも呼びたいが、どうやって招待したらいいんだろう？

「家族だけにしたいですね」

とりあえずそんな感じで。

「ご家族は何人ですか？」

四人、と答えようと思って、それだけだったらデリバリーはいらないのでは？　と気づく。でも料理だけではなく、パーティを盛り上げるために雇《やと》うんだから——。それにあとで友だちも加わるかもしれない。

「四人で」

「余興はいかがいたしましょう？」

「ピエロとかは呼べますか？」

「はい。お望みならば」

あっさり承諾《しょうだく》されたが、

「お望みって？」

「オーソドックスなクラウン――マクドナルドのドナルドみたいなピエロとか、女性とか、子供に怖がられないような小さめなのとか、いろいろありますよ」

「へえー！」

思わず声をあげてしまった。実はひふみは、子供の頃からパーティにピエロを呼ぶってちょっと憧《あこが》れていた。できれば庭で、そういうピエロが作ってくれた風船の動物とかもらいたい、と思っていた。実際のところ、身近にそんな機会はなかったけれど。映画や外国のアニメなどで見ただけのイメージだ。しかも今の家はマンションだし、庭に座って余興を見るとか、そんなことはできそうにないな。でも、まあいいや。

「すぐに決断されなくても、けっこうですよ。見積《みつ》もりも出しますし」

柔軟性《じゅうなんせい》もある。

「ケーキはそちらでご用意されますか？　それとも当方で？」

「用意もしてくれるんですか？」

「はい。ただし店の指定はできません。当社提携《ていけい》の洋菓子店か、パーティ用料理のオプションかの選択はできますが」

なるほど、好みのお店があるなら、自分たちで用意するわけね。

「うーん、どうしようかな。迷ってます」

「じゃあ、それに関してものちほど検討《けんとう》ください。ちなみにお嬢《じょう》さんのお歳はおいくつでしょうか」

「歳は——二十五歳です」

「そうですか、お誕生日おめでとうございます。では、資料をお送りしますね」

ひふみは住所を告げて電話を切った。

後日、家に資料とだいたいの見積もりが送られてきた。一応他の会社の資料も取り寄せ、相《あい》見積もりして比べた結果、やはり最初に電話をかけたところが一番よさそうと判断したので、今日来てもらったのだ。家でのパーティだから、下見がしたいらしい。料理も作ってもらうから、台所の様子も知りたいと言う。

そんなわけで、なぜかぬいぐるみがうちに来たのだった。

ぬいぐるみは、ダイニングテーブルのひふみの真向かいに座っていた。クッションを載せて、少し高くしたけれど、それでも人間と比べると低い。

「改めまして、山崎ぶたぶたと申します。ぶたぶたとお呼びください」

いや、そんな馴《な》れ馴れしい……と思いながらも、名前ぴったりだな、と思う。

「パーティの企画《きかく》と料理について担当《たんとう》いたします」

パーティの企画はまだしも、料理ってなんだろうか。まさかぬいぐるみが作るわけないし……あ、メニューか。メニュー作成ね、そうかそうか――いや、それだって考えられるんだろうか。まあ、ちゃんとした料理人がきっとなんとかしてくれる。

「パーティの段取りや飾りつけについての打ち合わせを先にしますか？　それともお料理のメニューの方を？」

ぬいぐるみがテーブルの上に何やら書類を広げながらテキパキと言う。

家に入れてしまった手前、今さら「帰れ」とか「担当を変えてくれ」とも言いにくい。とりあえず話を合わせて、言い出すタイミングをはかろう。

「ええと……あの、サプライズにするってことくらいしか考えてなくて……」

あとはピエロくらい。けど、なんだかそれを口にしにくいのはなぜだろう。このぬいぐるみなら何をやっても子供たちにはウケるだろうけど、声を聞いているとどんどんか け離れていく。あまりにも知的《ちてき》な声だからだろうか。

「それでは、お料理についてまず打ち合わせして、そこから飾りつけとか合わせていってもいいかもしれませんね」

「はあ……」

「では、ご質問させていただきますね」

ぬいぐるみはどんどん話を進める。

「メニューのご要望《ようぼう》はありますか？」

「メニュー……」

それは、ぬいぐるみが作れるものに限《かぎ》られてしまうのでは？　けどぬいぐるみが作れるものって何？　想像もできない……。いや、それは違うだろうってさっき自分で否定したのに——混乱が止まらないな。

「どんな料理でもたいていは大丈夫ですので、遠慮なくおっしゃってください。和食、イタリアン、フレンチ、中華料理にエスニック、B級グルメにも対応いたします」

そうそう、作るのはプロの料理人だもんね、多分。ぬいぐるみじゃない。

「お嬢さんのお名前は、蓮華さんでしたよね？」

「はい」

「いいお名前ですね」

あら。ちょっとうれしい。蓮華ってとてもいい名前だとひふみは思っている。でも、なんだか微妙な顔をされる時もあるのだ。画数《かくすう》が多いから大変、と娘に言われたこともあったけれど。

「お名前のとおり春のお生まれですし、季節を感じられるようなお料理になさいますか？　それとも蓮華さんのお好きなものを中心にしましょうか？」

娘の好きなもの……。

「たとえば、お肉とお魚、蓮華さんはどちらがお好きですか？」

「お肉とお魚……お魚はあまり食べない、と思います」

「なるほど」

ぬいぐるみは器用にボールペンを握って、何やら紙に書きつけている。アンケートみたいな？　濃いピンク色の布が張られたひづめみたいな手先が、ぎゅっとつぶれている。

柔らかそう……というか、柔らかいんだな。

「では、お肉中心のメニューにしましょう。お肉はどんなものが好みでしょうか？」

「ええと……牛肉でしょうかね」

そう言ってから、「豚肉」と言ったらなんとなく気まずい雰囲気になってただろうか、と思う。

「他にお好きなものは？　野菜はどうでしょう？　食べられないものはありますか？」

「野菜は……あまり好きじゃないですね」

「具体的に苦手なものは？」

「うーん……ブロッコリーとかカリフラワーとか……トマトとか」

「他には――」

その時、玄関のドアが開く気配がした。え、珍しく夫が早く帰ってきたのだろうか？

「ちょっとお待ちください――」

ひふみが玄関へ行くと、そこには娘の蓮華がいた。

驚きすぎて、ひふみは「おかえり」とも言えなかった。

「ただいま」

蓮華はさっさと靴を脱いで上がってくる。

「あ、ちょっと待って」

あわてて声をかけるが、蓮華は聞こえなかったのか、そのまま居間へのドアを開ける。

そして、

「あ、何、かわいいじゃん」

ぬいぐるみにさっそく目を留《と》めた。

「どうしたの？」

ひふみはぬいぐるみがしゃべり出すかと思って気が気でなかったが、空気を読んだのか何も言わない。

「う、うん、ちょっと……」

「もらいもの？」

とのぞきこんだ時、

「あれ？　何これ」

蓮華はテーブルの上の紙を取る。ぬいぐるみが書き込んでいたアンケート用紙だ。

「何、お母さん、宅配ミールでも取るの？」

「え？」

「なんか好みのアンケートでしょ？」

「あ、うん、そうなの」

勝手に勘違《かんちが》いしてくれた。サプライズは気づかれたら終わりだ。

「ふーん、いいんじゃない？　でも、これ、お母さんの好みだけだよね？」

「う、うん……」

「お父さんの好みも反映《はんえい》してあげてよ。魚も食べたいと思うよ」

「蓮華は……？」

「あたしはここで暮らしてないんだから、気にする必要ないでしょ？　お母さんと好み違うし」

そう言われて、ひふみはうろたえる。思わずぬいぐるみを見てしまうが、彼は微動《びどう》だにしない。

「ちょっと探しものがあったから、来たの。すぐに帰るから」

蓮華はそう言うと、自分の部屋に引っ込んだ。三年前にここを出たのだが、まだそのままにしてある。いつか帰ってくるかも、と思っているのだ。

ドッと疲れが襲《おそ》ってきた。ひふみはダイニングの椅子に倒れ込むように座る。

「……娘さんですか？」

ぬいぐるみが小声で訊いてくる。ひふみは何も言わずにうなずく。

「すみません、ご挨拶しなくて。サプライズが台無しになると思いまして」

そうだよね。そうだと思った。

「あの……」

ぬいぐるみが遠慮がちな口調で話を続ける。

「これは、蓮華さんの好みではないんですか？」

アンケートを柔らかい手（？）で指し示し、ズバッと訊かれる。

「……はい」

ひふみはそう答えるしかない。

「末永さんの好み、ということですか？」

「そうです」

「蓮華さんのお誕生日のパーティですよね？」

「……そうです」

ついうつむいてしまう。

「このアンケートのままでメニューを考えてよろしいんですか？」

「……いえ、困《こま》ります」

ちょっと顔を上げると、ぬいぐるみは首を傾げていた。そうだよね。あたしもきっとそうなる。

「では、どうしましょう？　後日改めて蓮華さんの好みを送っていただくとか――」

「あの、すみません……」

もうこうなったら言うしかない。

「蓮華の好み、知らないんです……」


打ち合わせをするにしても娘がいたままではできない、と思い、ひふみはぬいぐるみを引き止めたまま、しばらく座っていた。

しかし、蓮華はなかなか部屋から出てこない。

そーっとのぞくと、蓮華は押し入れに頭を突っ込み、中身を盛大《せいだい》にかき出していた。

「何探してるの……？」

「うーん……友だちに渡そうと思ったものがあって……けど、見つからない……」

「あ、そう……」

蓮華は押し入れから顔を出して、不思議そうにひふみを見た。

「お母さん、今日、仕事休みなの？」

「あ、うん……」

「珍《めずら》しいね」

そう言って、また押し入れに頭を、というか身体を入れた。服がほこりだらけにならないだろうか。

居間ではぬいぐるみが手持ち無沙汰《ぶさた》で待っていた。ただじっと椅子に座っているだけなので、こうして見ると本当にただのぬいぐるみみたいだ。

……ぬいぐるみなんだけど。

「やはり日を改めた方が——」

と言われたが、日を改めたら、きっとこの気力は萎《な》えてしまう。ひふみは、すぐにあきらめてしまうだろう。今までと同じに。

「あの、あたしの部屋に来てもらえますか？」

「……いいですけど」

家族以外の人を入れたことがないので気恥ずかしいが、この際仕方ない。

ずいぶん前から夫とは部屋を別にしている。どちらも仕事で不規則だから、この方がお互いの睡眠《すいみん》を邪魔しないのだ。

狭い部屋に入ってもらい、一人がけのソファーに座ってもらった。ひふみはベッドに座る。

「それで……」

言いよどみながら、ひふみが口火を切ろうとしたが、言葉が続かない。せっかく残ってもらったのに……。

わなわなと唇《くちびる》が震えるのを感じる。何か言おうとすればするほど、何も出てこない。情けない……。

「末永さん……」

ぬいぐるみの言葉に、顔を上げる。

「大丈夫ですか?」

その時、気づいた。ひふみは涙をこぼしていた。

パーティなど頼まなければよかった。思いつかなければよかった。娘が帰ってこなければよかった。

なんだかいろいろな感情が心の中に渦巻《うずま》く。自業自得《じごうじとく》という気持ちももちろんある。でも一番の感情は「混乱」だ。

ちょっとの間待ってもらって、ひふみは涙を拭いた。すぐに止まったが、何か言おうとしても、やはり声が出ない。「蓮華の好みを知らない」という言葉に自分自身が思わぬショックを受けているみたいだった。

それは、ずっと昔から思ってきたことだけれど、決して口にしてはいけない言葉だった。死ぬまで口にしないと決めていた言葉だ。なのに、言ってしまった。多分、このぬいぐるみのせいだ。蓮華が小さい頃、好きだったぬいぐるみはなんだったろう。それもわからない。「これかも」みたいなものはある。でも、まったく自信がない。自分が小さい頃好きだったものとすり替えている可能性が高いから。

「あの……顔色悪いですよ。お休みされた方が……」

うつむいているのにそんなことどうしてわかるんだ、と思ったが、ぬいぐるみの視線はかなり低いので、ほぼひふみの顔を下からのぞきこんでいることになる。

引き止めたところで、何を打ち合わせしたらいいのか。やはり断《ことわ》るべきかもしれない。常識から考えれば、そうなるだろう。しょせん、無理だったのだ。

でもひふみは、なぜか今回の誕生日が、蓮華と打ち解《と》ける最後のチャンスだと思っていた。サプライズは無理かもしれないが。やめた方がいいって言われてたっけ。それはもっともなことなのかもしれない。

「あの、どうしてもパーティはやりたいんです。サプライズじゃなくて、娘にはちゃんと日にち確認してみます」

「そうですか。わたしも本音《ほんね》を言えばサプライズはおすすめしません」

「どうしてでしょう？」

「わたしが出ていく場合に限りますと、必然的《ひつぜんてき》にサプライズみたいになるので、あんまり意味がないからです」

斜《なな》め上の答えに、ひふみは思わず吹き出す。それは確かに！　何か小細工《こざいく》しても、この人の前では全部霞《かす》んでしまう！

少し落ち着いた気がした。それを察《さっ》したのか、ぬいぐるみが質問をしてきた。

「ちょっとお訊きしたいのですが、蓮華さんのお誕生日はこれまでどのように過ごしてきましたか？」

「パーティというほどのことは何も……」

プレゼントをあげていたのはいつ頃までだろう。中学生くらい？　それも事前に欲しいものを訊き出して買ったものだったし、いつしかおこづかいに上乗せみたいな形になった。小学生の頃は、夕飯に蓮華の好きなものが並んでいたが、作ったのはひふみの母だ。

産後《さんご》、ひふみは体調がなかなか回復せず、母にすぐヘルプを頼んだ。父は蓮華が産まれてすぐに亡くなっていたので、近所に引っ越してきて、半同居《はんどうきょ》のような形で蓮華の面倒を見てくれた。

夫は何も言わなかった。蓮華に対して、どう接《せっ》したらいいのかわからないようだった。母親と祖母がいるのに、不慣れな自分が手を出すのも――と遠慮をしているようでもあった。よくあることかもしれない。ひふみも夫に頼むよりも、母に頼む方が楽だったし。

ひふみと夫は、若い頃から仕事に夢中で、非常に忙しかった。はっきり言ってワーカホリックで、今もその傾向《けいこう》は残っている。子供は蓮華だけ。夫や互いの親はもう一人望んでいる気配だったが、結局できなかった。少しだけホッとしたのも、ひふみの秘密の一つだ。

お金は充分あったから、不自由はさせていない。小中は公立だが、それ以降は蓮華が望んだ私立の学校へ行かせた。

ひふみも夫も、蓮華に対して体罰《たいばつ》や言葉の暴力《ぼうりょく》をふるったりしていないし、夏休みには旅行へ行ったり、週末に遊園地や海へ行ったりしていた。ただそれは小学生の頃までだ。中学生になると友だちとの外出を好むようになったし、家でも一人で過ごすことを選ぶようになった。無理に休日を作る必要がなくなったので、ひふみも夫も昔と同じペースで仕事ができるようになる。

蓮華は手のかからない子供だった。器用《きよう》で大人びていて、学校でのトラブルもない。私立の進学校にちょっとがんばれば入れる程度の成績を常《つね》にキープしていたし、運動もそこそこできた。「優等生」と言えるだろうが、決して目立つことはない。ひふみにとって、こう言ってはなんだが、とても育てやすい子だった。

いや、育てたのだろうか？

蓮華は家ではあまりしゃべらない。伝えるべきものはきちんと伝えてくるので、今時の若い子はこんなものだと思っていた。だが、携帯電話の手続きで同席した時、ひふみが思い至らないこともしっかり店員に訊いていたこともあり、その時初めて、無口ではないのかもしれない、と考えた。しかし、ひふみが話しかけてもどうも会話が発展しない。といっても反抗的《はんこうてき》とかそういうのではなく、話すのは最低限のことだけという感じだった。

いわゆる「相談」みたいなものもほとんどなかった。母にはしていたのかもしれないが、それはひふみは知らないことだし、進路に関しても就職についても、本人が決めたことを「報告」されて終わりだった。ひふみも夫も反対することはなかった。蓮華の選《せん》択《たく》は非常に堅実《けんじつ》で妥当《だとう》だったからだ。

小さい頃は母にまかせっぱなしで、中学生くらいから自分のことは自分でやるようになり、人から「ほんとに手のかからない子でうらやましい」と言われた。

蓮華は大学も無事に卒業し、大手企業に就職《しゅうしょく》した。家を出て一人暮らしを始め、しっかり者のお嬢さん、とどこでも言われた。それがひふみの密かな自慢だった。

だが、自立《じりつ》した蓮華は家に帰ることも、連絡を寄こすこともほとんどない。ひふみの方から電話をして、

「どうして連絡しないの？」

そうたずねると、

「用事がないから」

と言われた。

「でも、おばあちゃんには連絡してるでしょ？」

言ってしまってから、嫌味《いやみ》のようだ、と自分で感じる。

「おばあちゃんにはいろいろ用事があるんだよ」

その言葉が気になり、ひふみは母に電話をして、どんなことを話しているのか、と訊いてみた。

「別に大したこと話してないよ。あの子も忙しいし、ほとんどメールのやりとりだけだし。スマホにしといてよかったわ。きれいな花やおいしそうなものの写真送ってくれるよ。『今度行こうね』って。なかなか行けないけどね」

それを聞いて、ひふみはとてもショックを受けた。自分と蓮華は、そんなやりとりをしたことがない。二人の間に会話がないのは、それが普通と思っていたから。

でも、母から見せられたメールの蓮華は、とても饒舌《じょうぜつ》だった。「いつもこんな感じよ。

しゃべる時も」と母は言う。

その時初めて、自分は蓮華のことを何も知らない、と思い至った。

「蓮華はネモフィラが好きなのよね－」

青い花がたくさん咲いている公園で友だちとポーズを取る写真を見ながら、母が言う。

ひふみはその花の名前も知らないし、一緒にいる友だちの名前も知らない。蓮華の好きな花は、れんげ草《そう》だと無邪気《むじゃき》に信じていた。


そんなことをひふみはぬいぐるみに話していた。

「母親らしいことを一つもしていないと気づいたので、何かしたいと思ったんです」

「それで誕生日パーティですか」

ぬいぐるみの声は、落ち着いていてなんだか話しやすい。

「誕生日はなんとか憶《おぼ》えていたんで」

皮肉《ひにく》っぽい口調でひふみは言う。

ぬいぐるみは、ちょっと考え込んだような顔（なぜかそう感じた）になってから、こう質問してきた。

「末永さんご自身のお誕生日はどうだったんでしょう？　子供の頃ということですが」

「……よく憶えてないけど、何かプレゼントというか、ほしいおもちゃとかをもらった記憶はあります。あと好きなおかずがあったりとか。パーティとかそういうのはありませんでした」

「それが不満だったとか？」

「いえ、そういうわけじゃないです」

昔、両親とひふみは父方の祖父母の家に住んでいた。商売をしていたから、両親ともに家業《かぎょう》を手伝っていたのだ。だから、母は家にはいたがいつも忙しい。それはわかっていた。クラスの友だちも、パーティをするような子はいなくて、せいぜい学校でささやかなプレゼントを渡し合うくらいだった。

「両親は別に冷たいとかそういうんじゃないです。ただ忙しい人たちだった。父は地域のつきあいがあって毎晩遅くて。母と祖父母はたまに夜遅くケンカしてました」

母はけっこう気が強いから、不満《ふまん》は溜め込まなかったらしい。ケンカをしても、割《わり》とあとは引かなかったようだ。

でもこうやって話してみると、自分は親と同じようなことをしていたんだな、とわかる。母が蓮華の世話を焼いてくれたのは、昔できなかったことをしていたのかもしれない。といっても、祖父母はそれほどひふみに干渉《かんしょう》はしなかったけれど。

いろいろ気がついて、モヤモヤしてきた。

「決して仲が悪いわけじゃなかったんです……」

と言い訳めいたことを言ってしまう。

「でもなんだか、よそよそしくて」

自分が一番よそよそしいのに。

「仲良しの家族がうらやましいなって思うんです」

仕事関係の先輩が少し前に身体を壊して入院したのだけれど、二世帯《にせたい》住宅に住んでいる息子夫婦や、他の家族全員がサポートしている――という話を聞いた。彼女はひふみよりだいぶ年上なのだが、その手厚さと家族の愛情深さにひどく落ち込んでしまった。

自分にはそういう老後はないな、と思い当たったからだ。そりゃ彼女には子供が複数いて、同居していたり近所に住んでいたりもして、協力しやすいのだから違って当然なのだが……。

そのあと、更年期《こうねんき》であることもあってか、うつっぽくなり、少し精神科《せいしんか》の病院に通った。幸《さいわ》い半年ほどでよくなったけれど、それを誰にも相談できなかったし、娘はもちろん、一緒に住んでいる夫も気づかなかった。隠していたのはひふみ自身なのだから、気づかれなくてよかったはずなのに、察してもらえないことに悲しみを覚えてしまう。「それでいい」と今までは思っていたくせに、と自己嫌悪《じこけんお》におちいった。

どれだけ近くにいても、気持ちが通じていなければ、そこにいないも同然なのだと初めて思い知った気がした。そういう家族を知らなかったわけじゃないのに。実家に帰らない、親の介護をしない（できない）、連絡もしない——そんなの、ちっとも珍しいことじゃない。

だからこそ、仲良しの家族を目《ま》の当《あ》たりにして、心底うらやましいと思ったのだろうか。

「どういう家族にだって、その中にいないとわからないことはありますよ」

妙に冷めたことをぬいぐるみに言われてハッとする。それは確かにそうだ。どんな状況でも幸せな人は幸せで、不幸な人は不幸——そんなの当たり前だ。ただ、こんなのほほんとしたぬいぐるみにしては、らしくないと思っただけ。しかしひふみは、このぬいぐるみのことは何も知らないのであった。今の点目は無表情に見える。悩みのないのほほんとしたぬいぐるみに見えるけれども。

「見てきたように言いますね」

「わたしはハウスキーパーもやってますからね」

――そうか。そういう会社だったね。ハウスキーパー、すなわち家政夫《かせいふ》。きっといろいろ見るよね、家政夫……。

って、感心してる場合じゃないわ！　さらにありえないこと言われた！

「ほんとに絵に描《か》いたような幸せな家庭っていうのは、なかなかないですよ」

「まあ、そうなんでしょうね……」

なんてつい返してしまうが……料理はともかく、掃除とかできるの⁉　いや、料理もやっぱりできないって思うんだけどね！

なんだかいろいろ情報過多《かた》で、さらに混乱してくる……。

「他人の家族だけじゃなく、とにかく何かをうらやましいと思うのは、自分の理想の投《とう》影《えい》みたいなものなんですよねえ」

さらにそんなことまで言う。でもそれって、そのとおりだ。本当にそうかわからないけど、キラキラして見えるものに惹《ひ》かれる。

そう、自分だって「うらやましい」と言われたことはある。仕事関係で親しくなった女性だったが、その時は今みたいな心境《しんきょう》ではなかったから、少しだけ「確かに」と思った。けれどその人の言動は次第に「うらやましい」から「ズルい」に変わっていき、何かにつけてひふみを責めるようになった。「あなたは恵まれているんだから、こっちに尽くせ」と本当に言われたことがある。「確かに」と思った最初の頃は、その人を哀《あわ》れと感じていたのだろう。そしてなぜだか後ろめたさもあった。それは、「本当は違うのに」という思いがあったからかもしれない。あるいは、密かにホッとしていたのかも。その人よりはいい境遇だとその時は考えていたから。

彼女は結局、旦那さんの転勤《てんきん》に伴《ともな》って遠方に引っ越していき、それきりになった。今ならどんなふうに接しただろう。想像もできない。

あの頃の彼女の「理想」が自分だとしても、今のひふみの状況はそれからはかけ離れている。

「あなたの言うことは正しいと思います」

ひふみはぬいぐるみに対してそう言った。だけど、うらやましい気持ちはなかなか止められない。

「でも何もしないと、今の状態は絶対によくはなりませんよね？　そう思いません？」

「そうですねえ――」

ぬいぐるみは鼻をぷにぷに押している。かわいいけど、何しているの？

「だから、娘の誕生日を祝《いわ》ってあげたいんです」

さっきまでは自分の抱いているイメージだけでやろうと考えていた。それで、娘が喜ぶと思っていた。本気で。娘が現れなければ、それが間違っていると気づかなかった。

「娘に何をしたら喜ぶと思います？」

ぬいぐるみは鼻を押しつぶしながら、うーんとうなり、

「それは人それぞれではないかと」

と言った。まあ、予想通りの答えだ。

「やはりお祝いなので、その人に合わせて考えるのが、一番ですよね」

「それができれば……」

「お気持ちを伝えようと考えるのが大事なんだと思いますが」

「気持ち……考えるって？」

「まずは娘さんのことを祝いたいという気持ちです。それがちゃんと娘さんに伝わる方

法を考えるってことですね」

「それって……最初に戻っているような気がしません？　娘のことを知らないあたしは、どう祝ったらいいのかわからないんですよ」

わかっていることはもう一つある。

「娘があたしをどう思っているのかもわからないし。今は離れて暮らしてますけど、一緒に暮らしていた時もそんな感じで——親というより親戚《しんせき》の人みたいに思われてるのかもしれないです」

好きとか嫌いとか、愛情とか憎悪《ぞうお》とか、とにかくそういう強い感情自体が、あたしたちにはない。いっそ憎み合う親子だったら、と不謹慎《ふきんしん》なことすら考えてしまう。それならば、敵か味方かというわかりやすい関係性があるというのに。

「決めつけはよくないと思うけど、きっとそうなんです。もっとはっきりした気持ちがあれば、まだなんとかなりそうな気しません？」

「うーん……」

ぬいぐるみの目間に渋いシワが寄る。そして、身体中にシワを寄せながら、手を前で交差させる。まるでそれは、腕組みのような……腕組みか、あれ。

「こっちに気持ちがあっても、それは押しつけになってしまうんじゃないかって考えてしまう」

「でも、伝えようって気持ちはあるんですよね？　お誕生日を祝ってあげようっていう」

それもよくわからなくなってきた。

「あたしはもしかしたら、『お誕生日を祝う母親』を演《えん》じたいだけかもしれません。ずっとその経験がなかったから……気持ちなんて元々なかったのかもしれない」

「そういう疑問を抱《いだ》くだけでもいいと思いますよ」

ぬいぐるみの声は、思いの外《ほか》優しかった。もちろんお客さんだから、だろうけど……通っていた精神科のお医者さんにも似た話し方だった。

「それは『このままじゃいけない』っていう気持ちからのものなんですし。まずは娘さんの誕生日をちゃんと祝ってあげよう、と考えればいいんじゃないですかね」

今まで家庭のことは、悩んだりしたとしても、人（つまり母）まかせにしておけばなんとかなっていたし、そのまま忘れてしまえた。やはり自分は恵まれていたと言えるし、母がいなかったら、と考えるとゾッとする。でもその母も年老いて、持病《じびょう》を抱えるようになった。まだ元気ではあるが、いつ何があるかわからない。見た目は形を保《たも》っていても、うちの家族はとても脆《もろ》い。

「ほんとは夫にも協力してもらえたら、と思うんですが」

夫から見える我が家ってどんなものなんだろう。決して悪い人ではないし、頼めばなんでもやってくれる人ではあるのだが、自分の仕事以外に積極性はない。蓮華には、ずっと遠慮したままな気がする。

今回もお願いすれば協力してくれるだろうが、一回きりで終わるかもしれない。彼とは自分がちゃんと話し合う機会を持つべきだろう。

「どうして今になって親らしいことしようなんて思ったのか……」

病気のせい？　いや、老いのせいかもしれない。今まで考えもしなかった方がおかしいのだけれど。

「それは多くの人が、一度くらいは考えることじゃないですかね」

「そうですか？」

「親としての自分を省《かえり》みた時、評価できるのはお子さんだけですからね。他では代用《だいよう》できない評価ですから」

そう言われて、ひふみはハッとなる。親としての評価――あたしはそれが欲しかったの？

「代用できないことは確かですけど、人の価値は一つの評価で決まるものではありませんよね。なのに、限られた人の評価がもらえないことで悩む人はたくさんいます」

「他にはどんな人がいるんですか？」

「これは親と対《つい》になりますけれど、『子としての評価』を気になさる方も」

そうか……。蓮華がそんな呪《のろ》いみたいなものに囚《とら》われていないことを望む。若い今はそんなことないかもしれないが、年を取ってから考えるのはしんどい。今のうちに少し軽くしてあげることも、親としての務《つと》めになるだろうか。

けっこう長い間しゃべってしまった。

「蓮華はどうしたのかな」

ひふみは自分の部屋を出た。蓮華の部屋のドアをノックする。

返事がない。え、どうしたんだろう。倒れていたりしていないよね？

そーっとドアを開けると、蓮華はベッドに横たわっていた。ちゃんとふとんをかぶっている。

近くに寄って耳をすますと、規則正しい寝息《ねいき》が聞こえた。眠くなったから寝ただけなんだろうか。

ここは蓮華の家でもあるので、好きなだけいてくれてかまわないが——やはり忙しくて疲れているのかもしれない。

ワーカホリックだったひふみは、うつ病になるまで「疲れ」というのがどういうものかよくわかっていなかった。もちろん「疲れている」と実感はしていたし、休みたいと思いながら働いたことはある。でも、うつ病になるまで、寝ればたいていの疲れは取れたし、集中力も人一倍あったから、気合《きあい》で乗り切れていたのだ。

みんなそういうものだと思っていた。

おそらくそれに関して、パワハラめいたことも言っていたに違いない。問題になっていないのは、相手が不問《ふもん》に付《ふ》してくれただけだ。自分がパワハラをやっていない証明にはならない。

うつ病を患《わずら》ってからは疲れやすくなり、今まで感じなかったコンプレックスを持つようになった。無理をするとまた再発してしまう。それも怖い。

今の人の働き方は自分が若かった頃とは違う。重圧感《じゅうあつかん》は今の方があるだろう。昔だって身体と心を壊して辞めていく若者が多かったはずなのに、ひふみは無頓着《むとんちゃく》だった。その中の一人に蓮華がなる可能性だってある。母親としての支え方もわからない今の状態にようやく気づいたばかりなのだ。

自分の部屋に戻り、ぬいぐるみに言う。

「疲れて眠っているようです」

「そうですか」

いや、それをぬいぐるみに言ってどうするんだ、と自分で自分にツッコむ。

「あの、お引き止めしてすみませんでした。後日また連絡します」

そう言ってひふみはぬいぐるみに頭を下げる。

「誕生日については、娘にちゃんと話をして、何か……考えます」

「あまり難しく考えず、好物などを作って差し上げたらよいのではないかと思います」

何が好物かもわからない。それを訊き出さなければ——緊張する。うまく訊ける自信がない。それに、料理もあまり得意ではないし……。

ひふみの部屋を出て、ぬいぐるみが荷物をまとめている間に、蓮華の部屋のドアが開いた。

「ごめん、もう帰るね……」

蓮華は手にぬいぐるみをいくつか持っていた。ベッドの上に置いてあったものだ。それを取りに来たのか？

帰り支度をしていたぬいぐるみ——山崎ぶたぶたは、またまたどうしようかと迷っているようだった（床に座っている）。もうサプライズはないわけだし、挨拶をしてもいい、けど……さっき挨拶しなかった説明をしなきゃならない？　しかし、

「このぬいぐるみ、お母さんの？」

蓮華の質問に、

「そう」

と、とっさに答えてしまった。「預《あず》かりもの」とでも言えばよかったかもしれなかったが、もう遅い。いずれにせよ、これでぶたぶたが挨拶するというわけにはいかなくなった。

「そうなんだ。お母さん、ぬいぐるみに興味あったの？」

そうか。いつもだったらさっきの質問に躊躇なく「預かりもの」とか言えたはず。だ

って、ぬいぐるみに興味ないから。だが、少しでも話を合わせたくて自分のものと言ってしまったのだ。

蓮華の好きなもの――一つだけわかる。ぬいぐるみだ。

「最近、ね、ちょっと」

「ぶたのぬいぐるみなんだ、渋い色だね」

ちょっとアンティークっぽい。毛羽立《けばだ》っているし、少し汚れてもいる。ちゃんと働いているから？

「蓮華はぬいぐるみを取りに来たの？」

とにかく緊張している。だって、いつもは、こんなふうに会話を弾《はず》ませようとしないから。

ひふみはぶたぶたに目を向ける。点目がじっとこっちを見つめていた。「がんばって」と言っているように見える。気のせいだろうけど。

「うん、家で仕事やる時間が増えそうだから、ぬいぐるみをもっと置こうかなって思って」

蓮華はぶたぶたを見て、顔をほころばせる。確かにかわいい。それは認める。動いていればなおさらかもしれない。教えてあげたい、と思うが、なんかそれって、ぶたぶたを利用するようで……。

「そうなの……」

ああ、話が続かない。

「でも、ほんとは違うものを取りに来たの」

蓮華が話を変えた。

「え、何？」

「友だちにあげようと思った本。探しても見つからなかったの。お母さん、知らない？」

タイトルを聞いて、あっと思う。

「ちょっと待ってて」

ひふみは、居間の本棚にある文庫本を差し出した。

「これは――」

蓮華は首を傾げる。

「これ、表紙が違う」

「あ、うん。古いものだから」

「お母さんの？」

「そう」

何度も読んでいて、かなりくたびれているので、奥の方にしまい込んでいた。

「意外。お母さんも読んでるなんて」

なんとなく気恥ずかしくなる。それは、高校生くらいの頃、流行《はや》っていた本なのだ。友だちがみんな読んでいたから、ひふみも読んだ。その時は特になんとも思わなかったのに、折に触れて思い出し、買い直して読み返していた。読む時の年齢や環境によって感想が変わり、その度に驚きがある小説だ。いろんなバージョンで長い間出版され続けている。

「持っていっていいよ」

また新しいのを買ってもいいし。

「でも、これじゃないんだよ」

蓮華が言う。何？　古いからダメなの？

「友だちにあげようと思ってたのは、表紙がちょっと特別なものなの。その子の好きなマンガ家が描いたものでね、それをたまたまあたしが持ってるって思い出したから、あげようとしたんだ」

ひふみはなんだか恥ずかしくなってしまった。蓮華が探している本を自分が持ってる！　と思ってうれしくなってしまったのだ。でも、この本ではなかった。的《まと》はずれなことをしてしまった。恥ずかしくて顔が赤くなるのを感じる。何年ぶりだろう、こんなこと。しかも、とてもがっかりしていた。一気に高揚《こうよう》していた気持ちがしぼむ。

「でも、ありがとう」

優しく蓮華は言う。

「お母さん、この本好きなの？」

ひふみはそれを答えるのがなぜかとても恥ずかしかった。いつものように「まあね」とか言おうかと思ったが——ああ、それがいけないのかも、と思い当たる。自分は素直《すなお》じゃない。恥ずかしさにすぐ負ける。身内には特に。

勝手に喜んで恥ずかしい思いをして、もう逃げたいと思っているけど、ここは我慢をしないとならない。「『このままじゃいけない』って思ったことなんですし」というぶたの声が頭に響く。

「……うん。好きだよ」

あたしは、自分の好きなものを人に言うのがすごく恥ずかしい、というのが、この歳になって初めてわかった。

「そうなんだ。あたしも好きだよ」

けれどそのおかげで、蓮華の好きなものがもう一つわかった。

ぶたぶたに目をやると、なんだかほんとに「がんばって」みたいな顔でこっちを見ている（蓮華は背を向けているから気づかない）。目間のシワがそんな感じなのだ。

「そうなの。今度……話聞かせて」

ひふみとしてはこれが精一杯だ。

「うん。本は、もっと探せばあると思うから、また来るよ」

「寝ちゃったから探せなかったの？」みたいなことを軽く言いたいと思ったが、

「そうだね」

としか返せない。

「このぬいぐるみ、ほんとかわいいね」

蓮華がくるっと振り向いた。ぶたぶたは瞬時にただのぬいぐるみのように姿勢を正す。

……ぬいぐるみの姿勢ってなんだろうか。

「どこで買ったの？　あたしもほしい」

「買ったんじゃないの……」

「えっ、じゃあ手作り？」

「……そうね。あっ、誰が作ったかは知らなくて……今度調べておくよ」

言い繕《つくろ》い方が下手くそすぎる。

「ふーん」

蓮華はぶたぶたをじーっと見つめていた。本当に気に入ったようだ。これこそあげられたら——と思うが、そういうわけにはいかない。

「じゃあ、帰るね」

蓮華はそう言って、玄関へ向かう。ひふみもあとを追う。

「お父さんによろしく。またね」

そう言って、さっさとドアを閉めた。

「ああー……」

ひふみはへなへなと座り込む。誕生日のことを訊けなかった……。そこまで勇気が出なかった。食べ物のこととかも話したかった。何が好きなのかうまく誘導《ゆうどう》して訊きたかったけど、無理だった。

「あの……」

ぶたぶたが後ろに立っている。

「あ……」

ひふみはあわてて立ち上がる。

「今帰ったら、蓮華さんと鉢合わせするかもしれませんので、もう少し待ちますね」

「すみません……」

少し待つってどれくらいだろう。五分くらいかな。この人にもなんだか悪いな。変なことにつきあわせてしまった。

「お誕生日のメニュー作りのご相談にも乗れますので、また連絡ください」

そうね。作るのはやっぱり自分で、ということで——練習しなければいけないだろうか。

「あっ！」

突然の大声に、ぶたぶたがびっくりしたように後ずさる。

「な、なんでしょう？」

「お料理を教えてもらうってこともできますか？」

「あ、もちろん」

あっさり。

「ケーキとかでも？」

「はい」

え、すごい――と思った時、ハッと思い当たる。

「蓮華はもしかして、ホットケーキが好きかもしれません」

母から見せられた写真――蓮華が送ってきた写真だ。その中においしそうなホットケーキが何枚か写っていた。「今度一緒に行こうね」と言っていたという。

「でも、普通のじゃないんです。ちょっと変わってて」

記憶を頼りにスマホで検索すると、

「あっ、多分これです！」

ふわふわなホットケーキというか、パンケーキ？　の画像が出てくる。柔らかそうで粉砂糖がたっぷりかかっていて、たいていバナナが添えてある。

「あ、これは、有名なお店の名物《めいぶつ》パンケーキですね」

「そうなの？」

「そうです。おいしいですよ」

知ってるんだ、ぬいぐるみなのに。

しかしこれを見てどうしようというのか、あたし。作る？　作るの、これを？　いくら誕生日とはいえ、同じものが作れる気はしない……。

「レシピが公開されてますから、すぐに作れますよ」

「ええっ」

レシピがあるの!?　でも、ホットケーキミックスのも焦《こ》がすのに。

「練習すれば、かなりお店に近い味になると思います。手順もシンプルですしね」

「ほんとですか？　教えてもらえますか？」

「わかりました」

頼りになりそう――いや、きっとなる声だった。

あとはあたしがもう少し勇気を振り絞って、蓮華に誕生日のことをたずねる。誰か一緒に過ごす人はいるんだろうか。そしたら、別に当日じゃなくてもいい。母にも聞いてみよう。恥ずかしがらずに、素直に。

「ご予定はいつ頃がいいですか？」

ぶたぶたの声に、ひふみはスケジュール帳を取り出す。やるとなったら、あまり時間がない気がしてきた。しかし焦《あせ》りは禁物《きんもつ》だ。「このまま」が少しでも変わればいいんだから。

通《つ》夜《や》の客

母方の祖母が亡くなった、と実家から連絡が来たのは、おとといの午後のことだ。

「あさって通夜《つや》で、その次の日に葬儀《そうぎ》だけど、遠いから、無理に来なくてもいいよ」

と父は言ったが、

「ううん、行くよ」

統吾《とうご》は地方で就職しているが、葬儀のある東京の葬礼《そうれい》ホールへは、午後に半休《はんきゅう》を取って向かえば間に合うだろう。

就職時に「喪服《もふく》を用意しておけ」という親の言葉どおりに買っておいたが、初めて使うのが祖母の葬式でというのがなかなか受け入れられなかった。こんなに早く使うというのも。

着替えるスペースがないと困るからと、新幹線に喪服で乗ったら、なんだか落ち着かなかった。昼を食べそこねたが、食欲もなく、ペットボトルのお茶を飲みながら昔のことを思い出す。

よく田舎《いなか》のおばあちゃんちに親戚みんなで集まって、夏休みや正月を過ごす、という話を聞くが、うちは祖父母が東京に住んでいて、他の親族が隣県に住んでいた。祖父母の家は東京にしては広く庭もあったから、みんなが集《つど》って泊まっても大丈夫だった。母には兄が二人いて、みんな結婚して子供もいたから、最大、大人八人、子供が七人の十五人があの家にひしめきあっていた。田舎のように家同士が離れていたわけではないのに、よく近所から文句が来なかったものだ。

統吾は歳が一番下で一人っ子だったから、毎年、いとこたちに会って遊んでもらうのが楽しみだった。

あの家ももうないんだなあ。大きくなってから行ったことがなかった。一人ではどうやって行けばいいのかわからない。

東京駅に着き、迷いながらもようやく葬礼ホールへたどり着く。時間ギリギリで間に合った。入り口で一つ上のいとこの宣寿《のぶひさ》とぶつかりそうになる。なんだか青い顔をしていた。そんな顔を見ると、統吾も悲しくなってくる。

「統吾……」

そんなに悲しいのか……。俺《おれ》もだよ。ばあちゃん大好きだったから……。

ところが口を開いた宣寿は、こんなことを言った。

「あれ、いや、あの人？　がいる……」

その不可解な言葉に、こぼれ落ちそうだった涙が引っ込む。

「え、何？　変な人でもいるの？」

参列者《さんれつしゃ》に？

混乱した様子の宣寿を見て、統吾は不安になる。ばあちゃんの通夜なのに……。

「いや、どうなのかな……。人じゃないかもしれない」

「大丈夫か、宣寿」

「……大丈夫じゃないかもしれない」

「何言ってんの？」

そう言ったあとにハッとする。

「もしかして死んだじいちゃん？　それとも――」

「違う、そういうんじゃなくて……」

埒《らち》が明かない。

「見てみればわかるよ……」

宣寿に言われて、統吾は式場をのぞく。祭壇《さいだん》は祖母が好きだったピンク色の花々で飾られていた。とてもきれいだ。きっと祖母も喜んでいるだろう――。

「ほら、あそこ」

宣寿の指さす方へ首を向ける。一般席だが、特に変な人も見えない。

「最後尾《さいこうび》の端《はし》の席をよく見てみろ」

注意深く見てみると、あいている椅子の上にピンク色の何かが置いてある。バッグかな、と思ったが、そうではないらしい。

「ぬいぐるみ……?」

椅子の上に動物のぬいぐるみが置いてある。色や形からすると、多分ぶただ。大きさはバレーボールくらい。

子供の忘れ物だろうか。あ、子供を連れたお母さんが子供とともに席をはずしているのかもしれない。式場のロビーや外でそんな人は見かけなかったけれど。

しかしそれのどこが変なのか?

宣寿に振り向くと、

「な?」

と「わかったろう？」みたいに言われるが、さっぱりわからない。

「ごめん、わからん……」

「……さっき、あのぬいぐるみが、歩いてあの椅子に座ったんだけど」

そう言われても……どう返事をしたものか。自分が見たわけではないし。

「ノブ、ばあちゃん死んで、気が動転《どうてん》してんじゃないの？」

「違うよ！　だって……ええと……」

宣寿は何かを思い出そうとするように手を動かす。

「お前だってあのぬいぐるみ、見たことあるだろ？」

「え、見たことないけど……」

本当に動いていたっていうのなら、忘れることもなさそうだが。

「そんなはずあるか。昔お前だって一緒に遊んだろ」

統吾は首を傾げた。ぬいぐるみはもちろん持っていたが、ぶたのには憶えがない。

「ほら、ピエロ、ピエロだよ！」

「お前たち、何してるんだ。早く座りなさい」

統吾の父が声をかけてくる。

「あ、おやじ」

「おじさん、久しぶり、早く座って」

「はいはい久しぶり、久しぶり」

ぞんざいな扱いだが、昔からいとこ同士はみんなの子供みたいに扱われるので、宣寿は気にもせずに親族席《しんぞく》へ急ぐ。

統吾も横目でぬいぐるみの方を見ながら席に着く。

「間に合ったんだね」

前の席から母が振り返る。疲れているようだった。無理もない。母と祖母はとても仲がよかった。ショックなのか、さすがに口数が少ない。

式場には静かに音楽が流れていた。祖母の好きだった音楽なのか、それとも葬儀会社が用意したものなのかわからないが、悲しすぎず、しかし明るいわけでもない優《やさ》しげな曲を聞いているうちに、統吾はさっきのぬいぐるみが何者かを思い出した。突然、閃《ひらめ》いたのだ。

思わず顔をそちらに向けると、ぬいぐるみは腕に黒い喪章《もしょう》をつけ、手に数珠《じゅず》を持って、黒いビーズの目で祖母の遺影《いえい》を見上げていた。周りの人間は気づいているのかいないのか。

葬儀社の人が何やら言っている。そろそろ通夜が始まるらしい——。

祖母は、九十歳まで生きた。

統吾が物心《ものごころ》ついた頃からおばあさんだったが、計算してみると今の母くらいの年齢だ。ちょっと意外。

いや、当たり前のことなのだが、今の今まで意識したことがなかった。年齢云々《うんぬん》ではなく、祖母はおばあさんであり、自分は子供。それは、祖母自身も思っていたことかもしれない。最後に会った時も、子供の頃みたいにお菓子とおこづかいをおみやげにもらった記憶があるから。

「お母さんには内緒ね」

と言いながら。

祖母は資産家《しさんか》らしい、というのは大人になってから気づいた。統吾が二歳の時に亡くなった祖父がいろいろと会社をやっていて、祖母も祖父のあとを堅実《けんじつ》に継《つ》いでいたらしい。経営から退《しりぞ》いた時に整理をして、今は番頭《ばんとう》的な立場の人が引き継いでいる。伯父《おじ》たちはあまり会社経営に興味がなく、祖母も強制することはなかったという。

というのも又聞《またぎ》きなので正しくないかもしれない。とにかく祖母はお金持ちでかっこいいばあさんだったのだ。

小さい頃は祖母の家に行くのが楽しみだった。いとこたちに会えるのが一番だったが、出てくる食べ物もおいしくて、食いしんぼうの統吾にはそれがうれしかった。特にお菓子は家で食べられないものばかりで。

いや、家でももちろんお菓子を食べていたのだが、祖母の家にあるものは自分の家では出てこないものばかりだった。クッキーにしても口どけが違う。ホロホロと崩れたり、粉砂糖にまみれていたりするクッキーなんて、家では食べられなかった。今考えると下にこぼすから食べさせなかったんだな、とわかるけれど、昔はよく親に「あのクッキーが食べたい！」と言っては違うものを与えられて涙をのんだものだった。そういうクッキーを惜しげもなく子供に与えてくれた祖母は偉大《いだい》だ（大げさか）。

でも決して甘いわけではなく、悪いことをすれば、それはそれは大きな雷《かみなり》が落ちた。普段優しい分、怒《おこ》ると怖い人だった。よく泣きながら謝《あやま》ったものだ。なのに、家で怒られた時に親から「おばあちゃんちにつれていかないよ」と言われるとやっぱり泣きながら謝った。怖いから行かない、という選択肢は統吾の中には微塵《みじん》もなかった。

主にお盆《ぼん》とお正月に祖母の家に集まったのだが、普段田舎に住んでいるのでまず風景の違いに子供ながら興奮した。山も田んぼもないし、虫もほとんどいない。電車に乗っての移動が新鮮《しんせん》で、地下鉄にも祖母と一緒に初めて乗った。花火大会も祖母の家から見るのと、田舎町の土手《どて》っぷちで見るのとは違うものに思えた。

そして、いつも大宴会《だいえんかい》が開かれた。とても楽しかったと記憶している。特に夏休みなんと庭でのパーティだ。

……ほんと金持ちだったんだな、ばあちゃん。明らかに人数が多かったから、よく知らない親戚とか近所の人もいたのかも。それに今になって気づくとは。子供の頃に気づいていたら、自慢《じまん》ばかりのいやなクソガキになっていたかもしれない。気づかせなかった親が偉《えら》かったのか、それとも自分が鈍感《どんかん》なのか。

とはいえ、いとこたちも多分みんな常識人《じょうしきじん》なので、親がしっかりしていたと思いたい。

庭でのパーティは、外国の映画のようだった。いや、食べ物なんかは家の中で食べたような気もする（外だとすぐ傷《いた》むだろうし）。スイカとかアイスとか、そういうおやつ的なものは外で食べてもよかったけど、食事はちゃんと家の中でしたような――自分の記憶が合っているのか不安なのだが。

その庭で、あのぬいぐるみを見たことがある。ピエロの扮装《ふんそう》をして、風船の動物を作ってもらったのだ。

お坊《ぼう》さんが入ってくるまで、静かに待つしかない。他の参列者があのぬいぐるみに気づいているかはわからない。動いているところを見なければ、あまり気にしないかもしれない。あんなところにぬいぐるみが置いてあるなんて、変だけど。席を取っているとしか思われないだろう。こんな席でそんな真似《まね》をするなんて、とは思われるかも。

誰が？

いや、あのぬいぐるみを知らない人は。

宣寿にコソコソと話しかけてみる。

「思い出したよ」

宣寿は、キッとこちらを向く。

「憶えてるだろ？」

「うん」

「実はちょっと不安だった。自分しか憶えてないのかと思って」

「親たちには訊いたの？」

「まだ言ってない」

伯父たちの様子はどうか、と前の席をうかがうと、二人とも泣いてはいないようだが、いつになく沈んだ顔をしている。母は、ハンカチを手放せないようだ。

「みんな知ってるんだよな？」

「それはわからない……」

祖母は当然知っているに違いない。いや。「いた」か。そこで改めて、祖母の遺影を見た。プロが撮ったようなきれいな遺影だった。とてもいい笑顔だ。祖母のことだから、本当にプロに撮ってもらっていたのかもしれない。

厳《おごそ》かな女性の声が、お坊さんの入場を告げる。

「お葬式って司会あるんだ……」

思わず言ってしまうと、父から咎《とが》めるような視線が飛んできて、首をすくめる。だって、ちゃんとした葬儀に出るのは初めてだもん……。祖父の時は、ずっと寝ていたと昔聞いたことがある。

お坊さんが静かに入ってくる。周りの年上の大人たちにならって立ち上がり、頭を下げたりしているうちに、また記憶は子供の頃に戻っていく――。


初めてあのぬいぐるみに会ったのはいつだったのか。

自分の最初の記憶は五歳くらいのものだと思う。夏の思い出として、風船の熊《くま》を作ってもらったことが強烈に残っているから、そのくらいの歳だったのだろう。

実は、さっきまでは「風船の熊」だけを憶えていたにすぎなかった。しかしあのぬいぐるみを見て、作ったのは彼である、と思い出したのだ。

彼、と言ったけれど、ぬいぐるみに性別なんてあるのだろうか。でも、記憶を掘っていくと、どんどん思い出していく。彼はぬいぐるみだけど男性で、しかもおじさんであった、とか――そうだ。熊じゃなくて、風船のぶただと思ったんだ。自分の姿を風船にしている、と幼《おさな》い統吾は思ったのだ。


暑い夏の日、祖母に手を引かれて出た庭の、大きなパラソルの下にあのぬいぐるみはいた。突き出た鼻に丸いボールをつけ、顔に涙のペイントをして、ひらひらの帽子《ぼうし》と衣装を着けていた。

ボールで鼻先が隠れているけれど、どう見てもぶただった。目は黒いビーズで、大きな耳は衣装からもはみ出していた。右側がそっくり返っている。手の先は身体よりちょっと濃いピンク色のひづめみたいになっていた。

「小さい」

統吾はそんなようなことを言ったはず。

「こんにちは、君は統吾くんだね」

小さな薄ピンク色のぶたのピエロが言う。鼻というか、ボールがもくもくって動いて、面白い。

たくさんいる人の中で、統吾より小さいのは、そのぬいぐるみだけだった。

「ぶたぶたさん、よろしくね」

と祖母が言う。

「今日はお招《まね》きありがとうございます」

おまねきってなんのことかわからない。けど、ありがとうと言われたので、統吾も、

「ありがとう」

と言った。

ピエロがくるくるっと回ると、いつの間にか手に長い風船を持っていた。赤色だ。

「風船」

くれるのかな、と思ったら、突然風船が生き物のように動き始めた。暴《あば》れ始めたみたいだった。ギュギュギュギュギュ鳴いてるみたい。え、いったい何!? と思ったら、ピエロが何か差し出してくる。

「どうぞ。テディベアだよ」

「て、ててぃ……？」

「ぬいぐるみの熊だよ」

熊!? 熊には見えなかった。でも、なんとなくこのぬいぐるみが座ったらこんな感じ、とは思ったので、素直に受け取った。自分で自分を作ったんだな、すごいな、と感激した。

「何か食べたいものはあるかな？」

ぬいぐるみが手を差し出したので、統吾は祖母を見上げる。

「いいよ」

と言ったので、その柔らかい手を握った。ぎゅっと握るとつぶれてしまって、統吾はびっくりして離そうとしたが、

「いいんだよ」

とぬいぐるみは言った。その声に、ほっとして、そっと握り直す。

ぬいぐるみが引っ張る方――家の方に二人で歩き出す。

「食べたいものは？」

もう一度訊かれて、

「アイス食べたい」

今も昔も、統吾はアイスに目がない。

けど今回、新幹線のアイスを食べる余裕はなかった。それだけ祖母の死にショックを受けていたらしい――。

おりんの大きな音にハッと我に返る。

立派な袈裟《けさ》姿のお坊さんが祭壇に座っていた。読経《どきよう》が始まるらしい。そういえば、

さっき立ち上がった時、ぬいぐるみはどうしていたんだろう。見逃した。ここからだと後ろをうんと振り向かないと見えないけれど。

お坊さんの挨拶でもあるのかなと思ったが、特に何も言わず、驚くような声量でお経を読み始めた。迫力《はくりょく》がある。お経ってもっと静かなものだとばかり。すごいなー。と感心したのもつかの間、迫力ある読経のはずなのに、統吾は次第に眠くなってくる。なぜ⁉ やはり単調《たんちょう》なリズムだからだろうか。それとも深みのある声だから？

そういえば、あのぬいぐるみもけっこう渋いいい声だった気がする。父や伯父たち、他に知っている大人の男性の中で、一番いい声だな、と密かに思っていたっけ――。

夏休みの祖母の庭には、いつもいくつかパラソルが置かれ、その下に露店《ろてん》のような催《もよお》し物が用意されていた。

多分、近所の子供もいたんじゃないかと思う。お祭りみたいににぎわっていた。みんなで庭を駆《か》け回ったものだ。

ヨーヨー釣《つ》りやスーパーボールすくい、くじ引きや型抜きをやったり、果物《くだもの》やアイスなどを食べたりした。

ぬいぐるみは、ピエロの格好をして風船で人形《にんぎょう》――そうだ、最近は「バルーンアート」っていうんだっけ――を作ったり、食べ物のところにいたような気がする。

ぬいぐるみが、その場で果物に飴《あめ》をからめて、手渡してくれるのだ。不思議な光景だった。さっきまで自分より小さかったはずなのに、今はすごく高いところで鍋を扱っている。単に台に乗っていただけなんだろうが、統吾にはよくわかっていなかった。

「はい、どうぞ」

と手渡されて一番印象に残っているのは、りんご飴だ。パリパリの飴に包《つつ》まれた甘酸っぱいりんごは、すごく冷えていた気がする。小さめなりんごだったから、統吾にも食べ切れた。

他にもいちご飴やあんず飴、みかんやぶどうやさくらんぼなんかもあったような気がする。どれもとっても冷たくておいしくて、食べすぎないよう祖母や母に取り上げられた記憶がある。

それが忘れられなくて、家に帰ってからお祭りでねだって買ってもらったりした。主にりんご飴だが、それが全然おいしくなかった。あまりの味の違いに、ショックを受けて泣いてしまったほどだ。あんず飴も味が全然違った。いちご飴は、今でこそけっこうあるけれど、当時はまだ見かけなかったし、他の果物のは見たこともない。

ところで、なんであそこにあのぬいぐるみがいたんだろうか？


「統吾、統吾」

宣寿につつかれて、目を覚ます。いけない、ウトウトしていた。思い出なのか夢なのか区別がつかなくなってしまう。お経が——このお経が眠りを誘《さそ》うのだ。昨日、あまり眠れなかったし。

こんな自分を、ばあちゃんは怒るだろうか？

しんみりしながら、遺影を見る。

「お焼香《しょうこう》をお願いいたします」

司会の人の声が会場に響いた。

「どうやるの？」

宣寿に訊くと、

「前の人の真似しろって親父に言われた」

「わかった」

立ち上がれば、ぬいぐるみが見えるかもしれない。

喪主《もしゅ》である伯父が席を立ち、参列者にお辞儀《じぎ》をして祭壇へ進み、焼香をした。なるほど、ああやるのか。

座っている順番にやるらしいのだが、葬儀社の人に中央の通路へ並ぶようながされる。参列者が多いからなのか、こういうものなのかは統吾にはわからない。

立ち上がった時、さりげなく会場を見回すが、ぬいぐるみの姿ははっきり見えない。親族以外の参列者が焼香を始めれば見えるかもしれないが。

祖母の遺影を見ながら、焼香の順番が来るのを待つ。すると、また一つ、思い出したことがあった。

お盆の時は庭でパーティだが、正月の時は広間で大宴会、というのが恒例《こうれい》だった。長テーブルの上にはお重《じゅう》や大皿がいくつも並び、お鍋もあった。子供たちには別のテーブルが用意され、子供用のおせちも置かれていた。

部屋は暖《あたた》かく、外の寒さからは遮断《しゃだん》されていた。統吾の住む田舎も東京もあまり雪が降らないが、一度だけ大雪になって、外で雪だるまを作ったり、雪合戦《ゆきがっせん》をしたことを憶えている。幼稚園くらいの頃だろうか。

雪で濡れた服を着替えたあと、子供用のテーブルに着く。みんなこぞってお重をつき始めたが、統吾の箸は進まない。

「どうしたの、統吾」

祖母の声に振り向く。

「おせち、いろいろあるよ。遠慮しないで食べて」

ローストビーフ、海老《えび》のボイル、ハンバーグ、ホタテのバター焼き、スモークサーモン、チーズ——他にもいろいろ。かまぼことか黒豆《くろまめ》とか栗《くり》きんとんとか、普通のおせちっぽいものもあったように思う。

「気に入らないの？」

「あったかいごはんが食べたい……」

そう統吾が言うと、祖母はちょっと困ったような顔をした。

「ああ、おせちって冷たいものが多いもんねえ。でもお鍋は？　お鍋ならあったかいよ」

ちなみにカニ鍋だった。子供用には剝《む》いたカニがちゃんと用意されていたが、それでもなんだかめんどくさいな、と思っていた。当時の俺、残念な奴だ……。

「ごはんないの？」

「お鍋の雑炊《ぞうすい》はもう少し先かな」

「お鍋はうどんが好き」

祖母が笑う。

「あったかいごはんが食べたいの」

頑固《がんこ》にくり返した。当時の統吾は、苦手な食べ物もアレルギーもなかったのだが、とにかく偏食《へんしょく》だった、と母が言っていた。ごはんを愛する子供だったのだ。もっと言えば、白飯とアイスがあればごきげんな子供だった。他のものを食べさせるために苦労したと聞かされたことがある。

「じゃあ、台所に行ってごはんがあるか見てこようか」

祖母と手をつないで台所へ行く。そこにも人がたくさんいた。広い台所というか、お店の厨房《ちゅうぼう》みたいなところだったので、よく人が集まってお茶を飲んだりおしゃべりしていたように思う。お重に詰める前の煮物や焼き物なんかが山積みになっており、時間のあいた人が好きに食べていた。親戚や手伝いの人も一緒くたで、いい匂いと笑い声が立ち込めている。

「ぶたぶたさん、ごはん炊けてますか？」

祖母がたずねると、

「炊けてますよ」

と、ぬいぐるみが巨大な炊飯器を指さす。その大きさに、統吾はとてもびっくりした記憶がある。家のと比べると信じられない大きさだったからだ。いやそれは、ぬいぐるみと比べたから、だったのかな？

「今みんなでおにぎり作ってます」

「この子があったかいごはんを食べたいって言ってるの。冷たいおせちに慣れてないみたい」

「そうですか。じゃあ——」

ぬいぐるみは、炊飯器の脇に何か台みたいなものを置いて、しゃもじでごはんをかき混ぜ始めた。あの柔らかい手がやっぱりギュッとつぶれている。

炊きたてのごはんが小さな丼《どんぶり》に少しだけ盛られて、統吾に手渡された。掌《てのひら》がほんわりあったかくなる。

その時、広間の方で祖母を呼ぶ声がした。

「統吾、ばあちゃん行ってもいい？」

「いいよ」

「ごめんね。ぶたぶたさん、お願いします」

祖母は急ぎ足で戻っていく。

ぶたぶたは、同じ丼を出して、同じようにごはんを盛っていた。そして、炊飯器のふたを閉めると下にぴょんと飛び降りる。すごい。やっぱり面白い。

「こっち来て」

と手招きされる。隅にある大きめなちゃぶ台《だい》の上に、料理の皿がたくさん置いてあった。

「好きなものを載っけて食べようよ」

料理は、さっきのおせちにもあったものだったが、あったかいごはんに好きなものを自分で載せるなんてしたことがなかったので、すごく楽しい気分になった。

「なんでもいいの？」

「いいよ、どうぞ」

統吾は遠慮なく、ローストビーフとハンバーグとスモークサーモンとエビフライを載っけた。ぶたぶたはローストビーフと海老とホタテとマグロのお刺身《さしみ》だ。

「マグロほしい」

「はい、どうぞ」

統吾にも載せてくれた。赤くておいしそう。

「できた？」

「うん」

「じゃあ、ここに座って」

みんなが忙しく動いている中、二人で大きなキッチンテーブルの隅っこに座る。

「特製《とくせい》ソースをかけよう」

ぶたぶたはテーブルの上にあるガラスの容器に入った茶色い液体を、二人の丼にかけてくれた。

「これは何？」

「もっとおいしくなるソース」

「ほんと？」

「食べてみればわかるよ」

「いただきます」

さっそく頬張る。ローストビーフもスモークサーモンも、全部おいしかった。ハンバーグとエビフライはまだあったかい。ごはんも熱々でおいしい。ソースもおいしい。ほんとにもっとおいしくなるソースだ。ごはんにこれだけかけてもいい。

あっちでみんなで食べてもきっとおいしかったと思うけど、ここでぶたぶたと食べるのも楽しかった。

「統吾くん、食べ物は何が好き？　アイスと果物以外」

「えー……甘いものも好きだよ」

アイスは甘いものに入らないのかどうかは気にしない。

「じゃあ、これは食べたことある？」

ぶたぶたは皿に丸い黄色いものを二つ載せて、出してくれた。一つは全部黄色で、もう一つは黄色と白のうずまき模様。

「知らない。食べたことない」

あんまり食べようとも思わない。

ぶたぶたは、全部黄色の方を指さして（さしてないけど）、

「これは伊達巻《だてまき》」

そしてうずまき模様の方を、

「これは錦玉子《にしきたまご》」

と言った。

「これ、僕が作ったんだよ」

「そうなんだ」

今思うと手作りってすごいなと思うが、当時はまったく理解していない。

「食べてごらん」

言われるまま、まず伊達巻をかじる。甘くてすごくふわふわした玉子焼きだった。でも玉子焼きとはちょっと違う。カステラみたい？

「何これ、おいしい！」

「こっちもどうぞ」

錦玉子は玉子風味《ふうみ》のレアチーズケーキみたいだった。でも酸っぱくない。嚙むとチーズケーキより、弾力《だんりょく》がある。

「これもおいしい！　白いところと黄色いところは味が違うの？」

「黄色いところの方が甘いかな」

別々に食べてみたい、と思ったが、きれいなうずまきになっているので難しい。

「これはお重にいっぱい入ってるから。あっちで食べよう」

「うん」

「あ、おにぎりもできたみたいだね。僕たちで運ぼうか？」

「うん」

皿いっぱいの塩むすびを持って、ぶたぶたと広間に戻った。実際に持っていたのはぶたぶたで、統吾は手を添えていただけだったけど。

それから統吾はグズることもなく、みんなと一緒におせちを食べた。カニ鍋も機嫌《きげん》よく食べ、「おいしい」を連発《れんぱつ》した。

まったく現金《げんきん》なものだ――と我ながらあきれる。食い《く》意地《いじ》というか、ごはんへの執着《しゅうちゃく》がありすぎて引いてしまう。今でも大好きだけど。

見様見真似《みようみまね》で、緊張しながら焼香をして、祖母の遺影を見つめ、思わず「ごめん」と謝る。

写真をよく見ると、どこかレストランででも撮ったのだろうか、祖母の前には皿や土鍋などが置かれていた。おしゃれもしているし、食い道楽《どうらく》な人だったので、きっとお気に入りのお店で撮影したものなんだろう。

みんなが集まったあの家も、もうない。祖父が亡くなったあとは祖母が一人で住んでいたけれど、孫たちが大きくなった頃に家を売って、駅前の便利なマンションに移ってしまった。

統吾は、祖母の引っ越しを残念に思った。でもそれは、あの家がないと祖母に会いに行かない自分のことを後ろめたく思っていたからかもしれない。しょっちゅう行くには遠すぎる。統吾の家から車で二時間くらいだったが、電車を乗り継ぐともっと時間がかかった。

祖母は子供の頃と変わらず大好きだったが、そんなことも恥ずかしいと思ってしまうガキっぽい高校生だったし、友だちと遊ぶのが楽しくて仕方がない頃でもあった。

自分から電話をすることはめったになく、たまに家電《いえでん》にかかってきた時に少し話す程度になってしまった。

大学生になってからは自分から電話したり、家に行ったりするようになったが、それでももっと連絡すればよかった、と後悔している。

なんか、いろいろごめん。

そう思って、統吾は頭を下げた。泣きそうだったが、涙は出なかった。

参列者に向き直った時、後ろの隅の席にちらりとピンク色が見え隠れしていた。

焼香がすむと多くの参列者は会場から出ていく。お経をまだ読んでいるのに。どこに行くの？　ていうか帰るのか。普通そうだろうけど……。

何も知らなくて戸惑うばかりだ。

読経が終わってから、お坊さんの説法《せっぽう》がある。短くわかりやすい。

最後に喪主の伯父が前へ出て、挨拶をした。

「今日は母・加寿子《かずこ》のためにお集まりくださいまして、ありがとうございます――」

と静かに話し出す。簡単な挨拶だったが、参列者の中には改めてすすり泣く人も出てくる。親戚以外で知っている人はいないけれど、とても多くの人が祖母のために集まってくれた。九十歳まで頭も身体もしっかりしていて、病気もほとんどせず、一人暮らしを楽しんでいた。顔が広く、友だちももちろん多かった。

父が訃報《ふほう》を知らせてくれた時に、

「二週間前くらいに体調崩して入院したんだよ。心臓が弱ってるって言われたんだけど、突然急変《きゅうへん》して、それっきり……」

と言っていた。もう九十歳だから、ある程度覚悟《かくご》していたのだろうが、寸前まで元気だったからあまりにも突然すぎる。

「大往生《だいおうじょう》だね」なんて言葉が参列者たちから聞こえたけれど、統吾としてはまだ死んだなんて信じられなかった。

「今日は本当に、ありがとうございました……」

伯父が深々と頭を下げて、通夜は終わった。

親戚たちがぞろぞろと移動し始める。どこに行くのか、と首を傾げたら、隣の部屋だった。そこには帰ったと思っていた参列者がまだたくさん残っていた。料理が並べられ、お酒を飲んでいる人もいる。

通夜のあとってこうやって食事するんだ。知らなかった……。

「統吾、こっちこっち」

呼ばれていとこたちが座っているテーブルに着く。

「遠いところなのに、ご苦労さま。お腹すいたんじゃない？」

伯父の長女——もっとも年上のいとこの優《ゆう》が声をかけてくれた。彼女の言葉に、やっぱりあまり食欲がないと自覚する。

「何か食べとかないとダメだよ」

どんどんお寿司《すし》や天《てん》ぷらなどを皿に盛ってすすめてくれる。ビールもコップに注がれた。

「うん……」

仕方なく箸をつけるが、どれも冷めていて、味気ない。こういうものなのだろうか。それともやっぱり、食べる気がしないだけなのか……。

隣に座っていた宣寿がボソッとつぶやく。

「ぶたぶたさんのちらし寿司が食べたい……」

それに対して、いとこたちが一斉《いっせい》に反応した。

「あたしも食べたい！」

「おいしかったなー」

「おいしいだけじゃなくて、きれいだったよな」

「おせちもおいしかった」

「流しそうめんも楽しかったなー。流してるのを見るだけでも面白かった」

「流しそうめん⁉」

憶えてない……。ぶたぶたが流していたの？

「統吾は小さくてすくえなかったし、大変な割にそうめんがうんと無駄《むだ》になったから、一回でばあちゃんがやめちゃったんだよ」

「流しそうめんの道具がもったいないのでは――」

「レンタルだったからね」

レンタル。なるほど。ばあちゃんらしい、と統吾は思った。

「お金持ちだけど、無駄遣いは嫌いだったんだよ、ばあちゃん」

「『無駄遣いはするな、贅沢をしろ』が家訓《かくん》らしいから」

笑顔で、なんだか楽しそうだったが、みんな涙ぐんでいた。

「ぶたぶたさん、来てたよ」

と宣寿が言うと、みんな色めきたった。

「ほんと!?」

気づいていないことに驚く。でも、隅っこの方にいたし、小さいからなあ。

「まだいるかな」

「もう帰ったんじゃない？」

「けど、お父さんたちまだ来てないよ。もしかして――」

引き止められているのかも。

そう思って、いとこたち全員で会場へ戻ってみる。

すると、ちょうど伯父に支えられて（つまり抱《だ》っこされて）ぶたぶたがお焼香をしているところに出くわした。手を合わせて、うつむいている。

「あっ」

驚きの声がそろってしまう。するとぶたぶたがこっちを向いた。

「ぶたぶたさん！」

いとこたちがわっと群《むら》がる。

「あ、お久しぶりです」

伯父に下へ降ろされ、ペコリと二つ折りになる。そのあともいとこたちから話しかけられたり、握手《あくしゅ》をしたりしてぶたぶたはあっちこっちに鼻を向ける。

「どうぞ、どうぞ、隣の部屋に振《ふ》る舞《ま》いが用意してありますので」

伯父たちは言うが、ぶたぶたは、

「いえ、お騒《さわ》がせしてもなんなので、帰ります」

と短い手を振る。

「ぶたぶたさんは気をつかって、早めにいらしてくれたんだよ」

母が言う。

「あまりわたしが会場をウロチョロするのもなんだな、と思いまして、寸前にお式の席へ座らせていただきました」

「そんなの気にしなくても――」

みんなの言葉に、

「いえいえ、これ以上のお邪魔はいたしません」

「ぶたぶたさん、明日も来るんでしょ？」

優の問いに、

「あ、ごめんなさい。明日は失礼させていただきます……」

と申し訳なさそうな顔で言う。そんな顔をされると何も言えなくなってしまう。

「それでは、失礼いたします」

ぶたぶたは軽く頭を下げて、トコトコと葬礼ホールを出ていった。

いとこたちは皆がっかりしたような声を上げる。統吾も同じ気持ちだった。せっかく会えたのに——でも、彼にだって都合がある。通夜に来てくれただけでも充分だ、と自分を納得させる。

「そういえば、ぶたぶたさんとおばあちゃんはどんな関係なの？」

宣寿が伯父にたずねる。

「ぶたぶたさんは元々ベビーシッターやハウスキーパーの会社をやってて、その顧客《こきゃく》がばあちゃんだったんだ」

「えっ⁉」

統吾を含め、いとこたちが全員目を丸くする。

「そんなビジネスライクな関係だったの⁉」

「なんだと思ってたんだ、お前たちは」

みんなで顔を見合わせる。子供だったから、もっとファンタジーな関係だと思っていた。家についている妖精とか座敷童子《ざしきわらし》とか——お手伝いをしてくれる不思議な存在だとばかり。

「あーあ、やっぱりそうか」

さっきよりもがっかりした声が上がる。何にがっかりしているのか、統吾にもよくわからなかったが。

みんなぞろぞろと振る舞いの席に戻っていく。自分もついていこうとしたら、

「統吾」

母に呼び止められた。

「何？」

「今日はどこに泊まるの？」

「え、家に泊まるつもりだったけど」

家、つまり実家のことだが。

「今日、お母さんとお父さんはここに泊まるの」

「えっ!?」

いや、それはいいのだが、そうなると家に帰る足がないのだ。電車だと不便《ふべん》だし、夕

クシーを使えるほど余裕《よゆう》がない。

「お前もここに泊まるか？　ホテルみたいだぞ」

「どういうこと？　泊まるって……」

「お通夜っていうのは、本当はお線香《せんこう》を絶《た》やさないように寝ずの番《ばん》をすることなんだよ」

母の言葉にまた驚く。

「そうなんだ……」

「でも今は一晩中焚《た》いておけるお線香があるから、寝ずの番はしなくてもいいの」

「あ、そう……」

知らないことばっかりだ。

「でも、慣例《かんれい》として葬儀場に親族が泊まる場合もあるの。うちはちょっと遠いし、車の移動だと疲れるから、今晩は泊まることにしたんだよ。明日の告別式もあるしね。だから、あんたも一緒に泊まれるよ」

そうなのか。それはそれでいいかも。

「じゃあ、そうする」

「足りないものがあったら、近所にスーパーあるから、そこで買いなさい」

「わかった」

宿泊室は五〜六人が余裕で寝られる畳《たたみ》敷《じ》きの部屋に、きれいなシャワールームがついていた。最低限のアメニティグッズや湯沸かしポットもある。ふとんは自分たちで敷《し》かなくてはならないが、ふかふかして寝心地はよさそうだ。

母は「明日早いから」とシャワーを浴びるとすぐに寝てしまった。美容師さんが来て、着物の着つけがあるという。

思ったよりも疲れているらしい。無理ないよな……。あんなに泣いてたんだもん。笑っていたのは、ぶたぶたと話している時だけだった。

「明日の朝ごはんはどうするの？」

父にたずねる。さすがに朝食つきとはいかない。

「近くのファミレスにでも行けばいいだろ？」

「お母さん、そんな余裕ないいんじゃない？」

「……そうだな」

自分や父はそれでもいいが。

「スーパーでおにぎりとか買ってくるよ。ついでに散歩でもするから、先に寝てて」

統吾は着替えて外に出た。ちなみに、葬礼ホールの出入り口の鍵は、泊まった人が管理することになっている。なんだかすごいんですけど。いいのかな、セキュリティとか大丈夫なんだろうか。

わからない……。地方によって違うのかもしれないし。

首を傾げながら、スマホの地図を見てスーパーを探す。けっこう遠い……。というか、近所のはもう閉まってる。二十四時間スーパーじゃなくてコンビニでいいか。

ふと思い出す。葬礼ホールは、祖母が現在住んでいる――住んでいたマンションから駅をはさんだあたりにあった。そこへ行ってみようかな。

駅からの記憶とまたまたスマホの地図を頼りに歩くと、まもなく祖母のマンションに着く。エントランスがとても高級そうで、なんとコンシェルジュが二十四時間常駐《じょうちゅう》している。

この立派なマンションで、祖母はどんな暮らしをしていたんだろう。たまにしか遊びに行かなかった統吾にはよくわからない。古くても庭も家も広かったあの家と比べると、なんだか味気ない。ましてや一人暮らしだったなんて――。

ぼーっと突っ立っているともしかして通報されるかもしれない、と思い立つ。別に見に来ただけで、何かできるわけでもない。あわてて立ち去ろうとしたら、エントランスの中に見憶えのある姿を見つけた。

常駐のコンシェルジュに短い手を上げて挨拶し、自動ドアから出てきたのは、ぶたぶただった。

「えっ」

声を上げた統吾に、ぶたぶたはすぐに気づいた。

「あ、統吾くん」

その口調に、たちまち時間が巻き戻ったようだった。

「どうしたの？」

「いや、ぶたぶたさんこそどうして……？」

「明日の下ごしらえをしていて」

「下ごしらえ？」

それって料理の？

「加寿子さんの好きだった料理を、明日振る舞おうと思って」

祖母は一人暮らしをとても楽しんでいたという。

あの大きな家も好きだったが、マンションに移ってから家事に目覚めたのだそう。「『ボケないように』っていつも言っててね。そのためには料理するのがいいって聞いて、僕に『教えてほしい』って言ってきたんだよ」

駅までの道を二人で歩きながら、ぶたぶたは祖母の話を聞かせてくれた。

「お嬢さん育ちだけど堅実《けんじつ》で真面目な人だったから、すぐに上達《じょうたつ》したよ。洗濯《せんたく》もドラム式《しき》洗濯機やアイロンかけが面白かったらしくて、自分でやってた」

ただ掃除だけは少し苦手だったらしく、前の家に勤《つと》めていたお手伝いさんが通っていたそうだ。

「たまに——ひと月に一回くらいかな、僕に夕飯の依頼もあってね。おせちも昔と同じに依頼してくれたから、二人で年末に作って」

統吾は近年、正月にはあまり行っていなかったけれど、たまに行った時に出されたおせちは買ったものではなく、ぶたぶたと祖母が作ったものだったのか。「さすが高級おせち」と思っていた。それだけおいしかったのだが。

「寂しかったわけじゃないんだね」

「お友だちと食事に出かけたり、歌舞伎《かぶき》を見に行ったり、洋服を自分で縫《ぬ》ったりして、楽しんでたみたいだよ」

棺《ひつぎ》に横たわった祖母が着ていたのは、自分で作ったお気に入りの服だと母にさっき教わった。

その時、ふと思いついた。

「あの遺影の写真って、もしかしてぶたぶたさんが撮ったんじゃないの？」

そう統吾が言うと、ぶたぶたは驚いたような顔になる。目が大きくなったように見えるのだ。昔から不思議だなと思っている。

「よくわかったね。どうして？」

「いや、なんとなく……」

遺影に一緒に写っていた土鍋に憶えがあったのだ。

あれは小学生の頃の正月——統吾は風邪《かぜ》をひいて、祖母の家で寝込んでいた。母がおじやを作ってくれたりしたが、あまり食べられず、半分以上残してしまった。

心配した祖母が、ぶたぶたに頼んで作ってもらったのが鶏《とり》と玉子のおかゆだ。淡い黄色いおかゆで、味がついていないように見えるが、よく見るとホロホロの鶏肉と玉子が入っており、口に入れるとじんわりと鶏の出汁《だし》の味がする。

「おいしい？」

祖母に食べさせてもらっている時、心配そうに言われたことを憶えている。外はとても風が強く、ひどく寒そうだった。

「うん、おいしい」

ガラガラな声で統吾は答えた。

熱で味がよくわからないはずなのに、なぜか食欲を刺激されたので、もしかして味がすごく濃かったのかな、と思って、熱が下がったあとにもねだって作ってもらったが、優しい味のままだった。腫《は》れた喉にも食べやすいように作ってくれていたのだ。

「これ、すごくおいしいから、ばあちゃんも病気の時に作ってもらうといいよ」

と祖母に言ったなあ。

その時、ベッド脇に置かれていた土鍋が、あの遺影に写っていた。どうして憶えてい

たかというと、あとで母から、

「あれは土鍋に見えるけど、本当は違う。めっちゃ高い焼き物なの。でも、おばあちゃんは普通に使ってた」

と聞いたからだ。

「二ヶ月くらい前かな。いつものように加寿子さんから連絡が来て、『あのおかゆを作って』って言われたんだ」

「もしかして具合が悪かったの?」

「ちょっと風邪気味とは言ってたけど、大したことないようにも見えたし、そのあとに会った時も元気だったよ。病院にも行ったたって言ってたしね」

ぶたぶたはちょっとうつむいた。少し後悔しているような横顔だったけれど、ぬいぐるみだからそう見えただけかもしれない。

「加寿子さんもあのおかゆが大好きで、自分でもよく作ってたみたいだけど、どうしても同じ味にならないってくやしがってたなあ。そんなことなかったのにね」

統吾には、なんとなく祖母の気持ちがわかる気がした。

「ばあちゃんは、あのおかゆを誰かに作ってもらいたかったんだよ」

統吾が「ばあちゃんも病気の時に作ってもらうといいよ」と言った時のことを祖母も憶えていたのではないだろうか。細かいことはわからないが、ちょっと調子の悪い時、あるいは気落ちしている時にあのおかゆを食べたくなったんじゃないかと思うのだ。一人で楽しく暮らしているにしても、誰かのいたわりに満ちたものを食べたい、という気持ちは統吾にもわかる。家族と離れて暮らして、初めて「心細さ」というものを知ったからだ。

とはいえ、遺影を見るまで、統吾自身はおかゆのことは忘れていたのであるが。

「おかゆを作った時に、写真を撮ったの？」

「そう。加寿子さんのスマホでね、『撮ってほしい』って言われて。とてもいい笑顔だったから、遺影に選んだみたいだね」

あの写真が撮られた時、本当はもう身体を悪くしていたんだろうか。病院でもわからなかったんだから、会っていなかった統吾にわかるはずもない。だが、母や伯父たちも同じことを考えて、自分を責めているかもしれない。

ぶたぶたももしかしたらそうかも……。何も言わないけれど。

統吾は立ち止まった。今日はなんだか情けない思いばかり抱く。でもこれは……後悔だろうか。今まで生きてきて抱いた後悔とは全然違う。

もう少し、もう少し——あれもできたのに、これもやれたかも、とばかり思う。わかっていても何もできなかったかもしれないのに。

「統吾くん」

ぶたぶたが何やら差し出している。ハンカチだ。白いタオル地《じ》の。

「あ、ありがとう……」

ハンカチを受け取ってから、初めて自分が泣いているのに気づく。

「大したことしてないくせに、昔のこと思い出して泣くなんて、最低だよね、俺……」

道端《みちばた》で突っ立って、ぬいぐるみにハンカチ借《か》りたりして。

「みんなそう思うんですよ。精一杯《せいいっぱい》やってあげたとしてもね」

そういうものなのかな。俺にはまだよくわからない。

「ごめん……」

その時突然、タメ口をきいていたこのぬいぐるみが、自分よりもずっと年上なんじゃないかと思い当たった。いや、声はまさしくそうだ。おじさんなんだもの。

「ああ、すみません……」

あわてて言い直す。

「無理しなくてもいいよ」

ぶたぶたを見下ろすと、自分がとても大きくなった気がしたが、同時にあの頃のままみたいな気分にもなる。ぶたぶたの大きさはあの頃と変わらないし、彼の思いやりや優しい声も変わっていない。

「ハンカチ、どうしよう……」

「あげるよ。それ、加寿子さんにずいぶん前にもらったものなの。これから統吾くんが使うといいよ」

「そうなの……？　でも、形見《かたみ》にならない？」

「お中元《ちゅうげん》にもらったものだからね」

あ、そうなんだ……。特別な贈《おく》り物じゃないんだね。

駅に着いた。

統吾はこれから葬礼ホール近くのコンビニに寄って、おにぎりなどを仕入れなければならない。ぶたぶたは電車に乗って帰るそうだ。

動かないとぶたぶたは通りすがりの人に気づかれにくいようだが、電車に乗ってたらどんなふうに見られるんだろうか。気になる。そういえば、歩きながら話していた時、通りすがりの人はどんな反応だったかな？　あんまり人通りなかったから、注意してなかったー。

「じゃあ、僕はこれで」

ぶたぶたが手を振って改札に行きかけたところで、統吾は訊き忘れていたことを思い出した。

「あ、あの、訊きたいことがいろいろあったんだけど――」

話しているうちにどんどん湧いてきたのだ。

「いいよ。なんでも訊いて」

通りすがりの人が、不思議そうに統吾を見る。あ、そうか。独《ひと》り言《ごと》を言っていると思われるんだ。若干恥ずかしいが、訊きたいことをあきらめたくない。

「あの、すみません、大したことじゃないけど――お祭りで『あんず飴』って食べたら、味が全然違ったんだけど、どうして？」

「あんず飴――ああ、あれは、本当のあんず使ったからね」

え、どういうこと？

「お祭りなんかだとあんずじゃなくて、すももを使ってるものが多いの。でも、加寿子さんちで作ったやつは、生《なま》のあんずで作ったから。だから味が全然違ったんだよ」

「えー、あのあんず飴ってあんずじゃないの⁉」

どうりでなんだか酸っぱかった。あれはあれでおいしかったけど。庭で食べたのは、いい香りがして甘かった。

「あ、あと、『おいしくなるソース』ってなんだったの？」

あのソースは定番で、みんなこぞってかけていた。お刺身にもフライにもローストビーフにもサラダにも。本当になんにでもかけられて、文字通りおいしくなるソースだったのだ。

「あれは、大根おろしにちょっとだけ本《ほん》わさびを入れて、お醬油《しようゆ》をかけたものだよ」

「それだけ？」

「そう。でも大根は辛《から》くない部分だけ使うし、わさびもチューブじゃなくて本わさびだからね。お醬油も加寿子さんちのはとてもいいものだったから、あの味になったんだよ」

それは……母も真似していたようだが、原料が違ったのか。はー、本当に祖母はお金持ちだったんだな。

「あ、で、これで最後だけど」

最後、と言うのはちょっと寂しかったが。

「あの、さっき下ごしらえがどうこうって言ってたけど……」

「ああ、明日の夕方に、統吾くんのお母さんとお兄さんたちが加寿子さんの家で食事したいって言うから、その用意をしてたの」

夕方……ということは、火葬場《かそうば》のあと、ということか。

「三人でゆっくり話したいっていうから、加寿子さんの好きだったものなんかを作ってあげようと思ってね。だから告別式《こくべつしき》は失礼をさせてもらうんだけど」

統吾はもう、明日の午後の新幹線のチケットを取ってある。いや、もちろん邪魔するつもりはない。兄妹三人だけで話したいことが、きっとたくさんあるのだろう。

祖母との思い出があるのは、自分だけではないのだ。宣寿にも優にも、他のいとこたちにもそれぞれある。あの家にいた全員そうだろう。そしてもちろん、ぶたぶたにも。

「祖母がお世話になりました」

と統吾は頭を下げる。

「そんな、お世話になったのはこちらの方だよ」

ぶたぶたもまたまた二つ折りになる。

「うちの会社をいろんなところに紹介してくれて、今もなんとかやっていけてるのは加寿子さんのおかげだよ」

ぬいぐるみも泣くのだろうか。なんとなく声が震《ふる》えている気がする。涙は……よく見えないけど。暗いせいかもしれない。

「明日、母たちもよろしくお願いします」

「統吾くん……大人になったねえ」

しみじみ言われて照《て》れる。

「今度おかゆ食べたいです」

機会はもうないかもしれないけど……。

「そうだね。いつか作ってあげられると思うよ」

ぶたぶたの言う「いつか」は、社交辞令《しゃこうじれい》には聞こえなかった。なんだか本当になりそうな予感があった。その「いつか」がすぐであっても、あるいは遠い未来《みらい》でも、統吾にはどちらでもよかった。

あとがき

お読みいただき、ありがとうございます。矢崎存美です。

前作『ぶたぶたのシェアハウス』が一月発売だったのですが、今作は六月発売。変則《へんそく》的《てき》ですみません。これ以降、半年ごとに——なるといいな。

あとがきって、いつも何を書こうかと悩むのが常《つね》なのですが、今回はいろいろありすぎる。

しかしまずはトークイベントについて。

二〇二〇年一月二十五日、ジュンク堂《どう》書店池袋《いけぶくろ》本店さんで、作家の友井《ともい》羊《ひつじ》さんをゲストにお招《まね》きして、「ぶたぶたは美味《おい》しい！」というトークイベントを開催しました。

友井さんは『スープ屋しずくの謎解き朝ごはん』（宝島社文庫）など食べ物に関連す

るミステリーのシリーズを書かれているので、「作中にどう食べ物を出すか」「どのように食べ物を表現するか」などのことで盛り上がりました。あともちろん、おすすめのおいしいお店のことなど。友井さんとは作家の野村美月《のむらみづき》さん主催《しゅさい》のケーキ会でお会いすることが多いのです。私は彼と野村さんがおすすめしてくれるケーキ屋さんに行って食べて喜んでいるだけなんですが。

トークイベントも三回目なのでお客さんがいらっしゃるか不安だったのですが、たくさんの方にいらしていただき、大変うれしかったです。ありがとうございました！　サインにいつまでも慣《な》れなくてすみません。お声がけいただいたジュンク堂書店さんもありがとうございました！

ところで、「食べ物の表現」というのは今考えてもどう答えたら正解だったのかな、と思います。小説の中に食べ物が出てきて、それを「おいしそう」と思うことはたくさんあるのですが、「どう表現されているとおいしそうなのか」というのはあまり考えたことはなかったなあ。ちょっと名前が出てきただけでも「おいしそう」と思ってしまうこともあるし――ってこれは私が食《く》いしんぼすぎるでしょうかね。

難しいな。「こう書けばいい」っていうのはない、ということ、それって小説の書き方と同じですよね。まだ駆け出しの頃は、いろいろな小説的表現がうまくできなくて、いつも「どうしたら上手に書けるんだろう」とばかり思っていたことを思い出します。

今上手に書けているかは置いておくとして、「どう書いているか」と考えると――「ほぼ記憶にない」というのが正直なところだったり……。SNSなんかで他の作家さんの創作論《そうさくろん》を見るのが好きなんですけど、自分のことを語ろうとするとほぼ場当たり的なことばかりなんですよねー。ほんと、その場限りで書いている。今ここで、どこにもない小説が生まれくる瞬間に立ち会っている――って、すみません、ちょっとかっこいいこと言いたかっただけです。

でも、小説って生き物みたいなもので、同じものは書けないわけですから、それってある意味、正しいのかな、とも思います（ということにしておく）。

友井さん、ありがとうございました。落ち着いたらまたケーキ一緒に食べに行きましょう。

落ち着いたら、ということで、今現在の状況です。

今日は五月二十一日です。本作発売日の約二十日前ですが、その頃にはまた状況が変わっている可能性もありますね。

ええ、新型コロナウイルスのことです。

トークイベントの時にはここまでの騒《さわ》ぎにはなっておらず、普通に開催できたのですが、そのあとからじわじわと自粛ムードが広がってきました。二月十五、十六日にちょだ猫《ねこ》まつりというイベントがあって出店のお手伝いを少ししたりしたのですが、ここがギリギリだった、と感じています。これ以降イベントや演劇、コンサートなどがどんどん開催延期《えんき》や中止になっていったのです。

そして四月七日に七都府県、十七日には全国に緊急事態宣言が出ました。その後、五月二十一日までに四十二府県が解除になりましたが、東京都などではまだ続いています。本が出る頃にはどうなっていることでしょうか。少しは世間が明るくなっているといいのですけれど。

『出張料理人ぶたぶた』は、緊急事態宣言で外出自粛真《ま》っ只中《ただなか》の不安な状況下で書いたものです。

自粛状態になったからって私の生活自体は全然変わらなかったんですけどね。特に原稿を書いている時は、本当に外に出ないのですよ。外出自粛といっても、電車に乗っての遠出をやめたくらいなのです。原稿が終わっても大して変わりません。元々出不精だし、気難しい猫がいるので旅行にも行けないし。多少不便なことはあるけれど、ほとんど困ることのない生活を家で送っています。

私の生活がほぼ変わらないと言っても、世間的には生活様式が、というより世界自体が一変してしまいました。ワクチンや効《き》き目のある治療薬が出る、あるいはウイルス自体が弱毒化しない限り、この生活を続けなくてはならないようです。そして、その重苦しさに影響を受けないわけはありません。

小説家、いや、小説家に限らずクリエイター全般は、たとえば現実とはまったく違う世界を書いていたとしても、作品に描いていることは自分自身が生きている世界のことなのです。その世界が変わっていくことを肌で感じて動揺《どうよう》しない人はいない。日常の切り取り方一つ違ってくるからです。常識だと思っていたことが通用しなくなる恐《おそ》れや、こちらの言いたいことを受け取ってもらうために何をどう表現すればいいのかわからない、という迷《まよ》いも生まれます。

私も例外ではありませんでした。それを考えているとなんだか落ち込むというか、とにかくずっと不安を抱えながら書いていました。

しかし「そんな時期だからこそぶたぶたを」という励《はげ》ましもあり、書いたのがこの『出張料理人ぶたぶた』です。間に合わないのではないか、とも一瞬思いましたが、こうしてなんとか間に合いました……。いつものぶたぶたですけれど、ほんの少しだけ今の「迷い」も含まれています。

これから先も何が起こるのか。今、あまり生活が変わっていない私も、これからどうなるかわかりません。本当にわからない。一年後どころか一ヶ月先も予測がつかない。今回は書き上がりましたけれど、何を書いていけばいいのか、ということもその都度《つど》考えなくてはなりません。

ぶたぶた自身はこういう状況であってもあまり変わらずに働けるようなので、それだけはホッとしています。

さて、今回の「出張料理人」というテーマですけれど、実はこれ続編というか、長年書き続けているシリーズ中のシリーズというべきテーマです。

古くはシリーズ第一作『ぶたぶた』（徳間文庫）の一編目――つまり、ぶたぶたが初登場した「初恋」から。ベビーシッターとしてやってきたぶたぶたの短編でした。その時の会社がハウスキーパーもやり始め（『ぶたぶたは見た』）、アイドルのボディガードも引き受け（徳間文庫『ぶたぶたの花束』「ボディガード」）、今回は出張料理人となった、ということなのです。手広く商売をしているぶたぶたです。なんでも屋さんみたいですよね。私も頼みたい。猫の爪切ってほしい。あ、これはまた別の職業ですね……。たまにゆるーくつながっているお話もあるので、それを見つけるのも楽しいかもしれませんよ。

あともう一つだけお知らせ。実はメインブログをｎｏｔｅの方に移転しています。今まで使っていたココログも残してありますけれども、記事を更新する予定はありません。ｎｏｔｅのＵＲＬについてはこの本のカバーにある私のプロフィールを参照していただくか、「矢崎存美のｎｏｔｅ」で検索してください。

いろいろお世話になった方々、ありがとうございました。
ちょっと遅れてしまったので、担当編集さんやカバーイラストの手塚《てづか》リサさんにもご迷惑をかけてしまいました。ごめんなさい……。手塚さんの今回のイラストは、さわやかな背景の青が印象的です。ぶたぶたが扱う様々な食材の新鮮さが引き立ちます。

次回は気をしっかり持って、なるべく早めに書き上げたいです。って毎回思って実現しない……。

がんばります。

光文社文庫

文庫書下ろし

出張《しゅっちょう》料理《りょうり》人《にん》ぶたぶた

著　者　矢《や》崎《ざき》存《あり》美《み》

2020年6月20日　初版1刷発行

発行者　鈴木広和
印　刷　萩原印刷
製　本　ナショナル製本

発行所　株式会社 光文社
〒112-8011　東京都文京区音羽1-16-6
電話（03）5395-8149　編集部
8116　書籍販売部
8125　業務部

ISBN978-4-334-79037-0　Printed in Japan

組版　萩原印刷

矢崎存美の本

好評発売中

本音が聞けるのは、やっぱりラジオ！

ぶたぶたラジオ

東京のAMラジオ局で、朝の帯番組のパーソナリティーを務める久世遼太郎は、木曜日の新しいゲストに、山崎ぶたぶたという人物（?）を迎えることになった。ぶたぶたの悩み相談コーナーは、一味違う答えがもらえる、とすぐ大人気に。今日もラジオに耳を澄ませると、ぶたぶたの渋い声が聞こえてくる。それだけで、不思議と心が落ち着くんだな。胸に響く三編を収録。

光文社文庫